青山ゆみこ・牟田都子・村井理子

AKISHOBO

目次

人物紹介

あんぱん

ジャムパン

青山ゆみこ　Yumiko Aoyama

ライター・編集者。神戸の山裾で夫と愛猫シャーと三人暮らし。年中誰かから相談を受け、自身も誰かに相談ごとを投げながら生きている。行きつけのごはん屋さんの休業はまぢで辛かった。自称「街と寝る女」。

牟田都子　Satoko Muta

フリーランスの校正者。東京・吉祥寺に10年。出版社の校閲部に勤務する夫と猫2匹の4人家族。家↓書店↓図書館をぐるぐる。趣味のランニングがコロナでできなくなり、体重計と険悪に。

クリームパン

村井理子　Riko Murai

翻訳家・エッセイスト。琵琶湖のほとりに生息中。愛犬ハリーを溺愛している。座右の銘は「つらい記憶にはフタをしろ」。コロナ禍では休校になった息子たちとの3ヶ月で精根尽き果てる。

まえがき

新型コロナウイルスの爆発的感染拡大のため、世界中で多くの人が命を失い、生活様式の大きな変化を迫られる事態に陥った2020年初頭。何年も前から準備が進められてきた東京オリンピックは延期され、学生たちは長い休校期間に入り、社会人の多くがリモートワークを開始した。トイレットペーパーが消えた。マスクも消えた。都市部の商業施設が政府の自粛要請に従い店舗の営業を自粛、世界が、そして日本が、今まで経験したことのない「巣ごもり」状態へと突入した。こんなことが起きるなんて、誰が予想していただろう。私たちの生活が、ほぼ完全に停止状態に陥るというSF小説のようなできごとが、実際に起きてしまったのだ。

そんな前代未聞の状況のなかで、静かに連絡を取りはじめた三人がいた。

日々の不安、悲しみ、心配ごと、美味しいもの、ペット、仕事について、交わされた日記は18通に及んだ。青山ゆみこ（あんぱん）は外出できない日々の寂しさと愛猫への愛、アルコールを取り巻く悩みを率直に綴った。牟田都子（ジャムパン）は愛する書店が営業自粛を余儀なくされてしまったことへの憂慮、突然はじまった夫のリモートワークと、それに伴い一気に増えた家事の負担について書いた。村井理子（クリームパン）は3ヶ月にも及んだ子どもたちの休校に四苦八苦する日々と、ここ数年に起きたできごとをふりかえった。各自がそれぞれの思いを、それぞれの立場で綴り、互いに送りあった。それをまとめたのが本書である。菓子パン三姉妹の戸惑いに溢れた日々は、これをお読みのみなさんの日々と、そう変わりないはずだ。

私たちの暮らしは、がらりとその姿を変えた。そしてようやく自粛が解けたいま、再び私たちはゆっくりと前に進み出している。この先、何が起きるのかと不安でいっぱいな気持ちを抱えたままで。

だれもが戸惑い、怖れ、苦しんだ日々。その日々のなかで、私たちが見つけたものは、なんだったのだろう。

村井理子

2020年6月

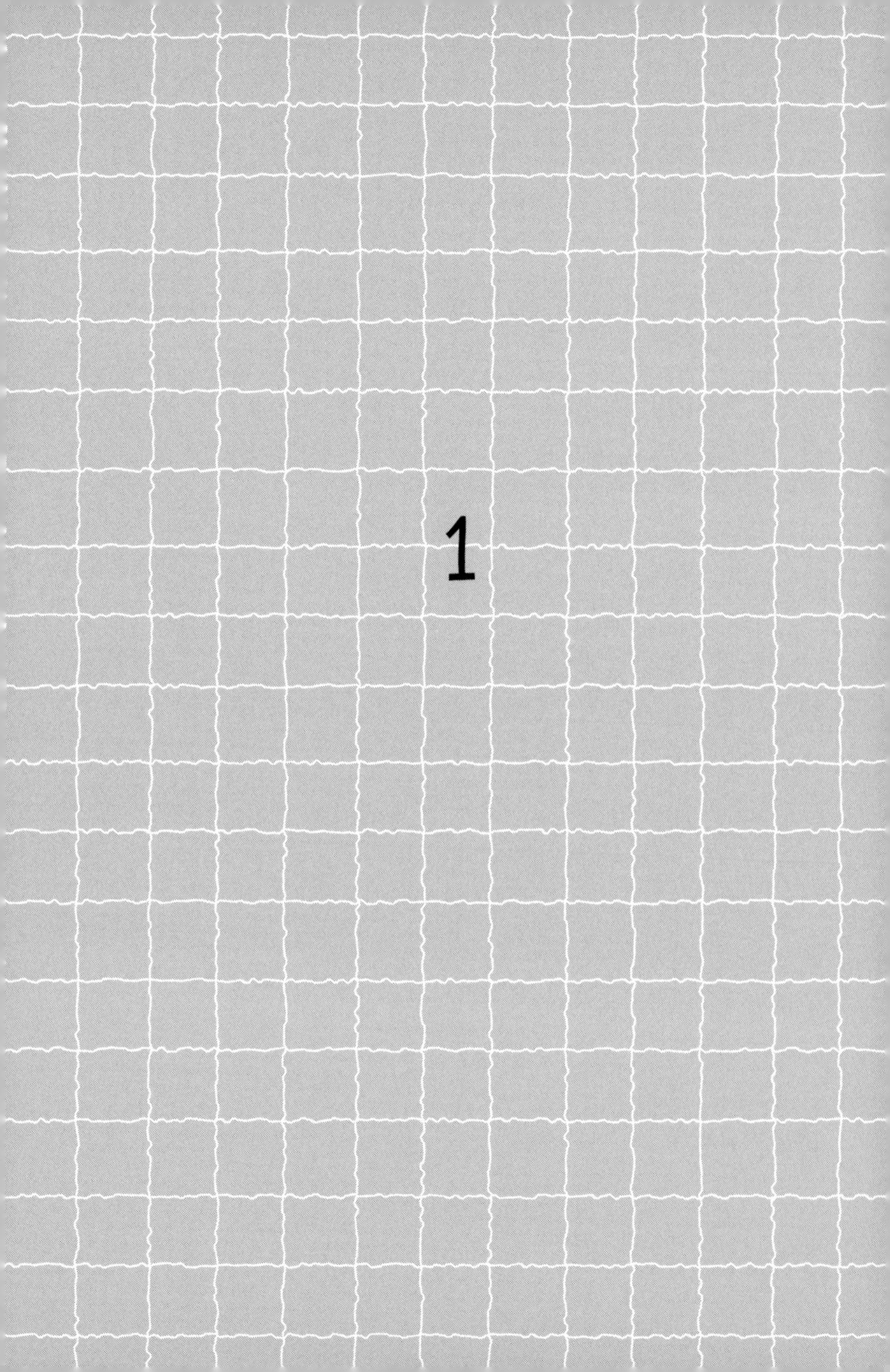
1

あんぱん　2020.4.23　神戸・元町

1　小さくなった世界

理子さん、牟田さん、こんにちは。

理子さんはブログを、牟田さんはTwitterでの呟きを読んでいるので日常的にお会いしている気分ですが、思い起こしてみれば、実際にはしばらくお目にかかっていません。

理子さんとは、黒ラブラドールのハリーくんとの生活を綴ったエッセイ集『犬ニモマケズ』に収載された対談時に、ご自宅にお邪魔した昨年（2019）の夏以来ですよね。

牟田さんとは、拙著『ほんのちょっと当事者』発刊記念トークイベントにお運びくださった、昨年末の荻窪のTitleさんと、荏原中延（えばらなかのぶ）の隣町珈琲さん以来と記憶しています。

そうか、理子さんとは1年経っていないし、牟田さんとは半年ほどなのか……。

でもなんだろう。1年とか半年とか、そういった「時間」がなんだかぴんとこないんですよね。ぴんとこないというより、しっくりこない。

新型コロナウイルスの影響によるあれこれが、わたしの生活に直接関係し始めたのは2月頃だったと思います。

既往症（きおうしょう）に肺炎があり、気管支炎と気管支喘息（ぜんそく）が持病という呼吸器系がへなちょこ人間なので、わたしは2月中旬頃から、ほとんどの会食予定をひとまず延期するようになりました。マスクはもう当時から手に入らなかったので、友人に郵送でわけてもらったことも思い出します。

人と会う機会が極端に減り、電車に乗ることもほぼなくなり、自宅とその周辺だけがわたしの世界になった。

紀元前／紀元後のように、コロナ前／コロナ後に「時間」が線引きされ、その「コロナ後」の世界はものすごく小さな世界だった。

コロナ後の世界って、なんだか時間の感覚がないんですよね。

最近だと、今日が何曜日かわからなくなることも多くて、だんだん昨日と今日と明日が溶け合っていくようにも感じます。そのことにどこか不安になる。何が不安なのかわからないのですが。

とにかくいまは「コロナ前」のことが、すごく遠くに感じられます。別の世界のことのように。

端的にわたしたちの「日常」が大きく変化したのでしょうね。

と書いて、あのね、こういうふうに『わたしたちの「日常」』ってひと括ってしまうと、全然「わたしたちの日常感」がなくないですか。

わたしは「わたしたち」じゃない。

わたしは「わたし」として生きている。

はずなのに、突然、「わたしたち」にさせられたような、居心地の悪さというか、お尻の据わらなさがこの数週間あります。

そういうことに、なんだかむしゃくしゃしちゃう。

このところ、わたしはしょっちゅうむしゃくしゃしています（ひらがなだけの一文ってすごいな）。

苛立ち（3文字ですむ。漢字すごい）。

いま、昨年の秋くらいまで取材を進めていたものを、一冊の書籍にまとめる作業にかかっています。実はこれ、2月に書き上げていたはずの原稿です……。

4月は、夫が心筋梗塞一歩手前の不安定狭心症で入院して、ばたばたしたという個人的緊急事態もありました。

でも、それ以前の3月、感染拡大に対する行動自粛が言われ始めた頃から、自分でも嫌になるくらい筆が進まない。

その本は「近しい人を亡くしたあと」についていろんな方にお聞きした内容で、そもそも簡単には書けないのはあります。

自分のなかの深いところにぐぐっと潜って、そこで見えた風景や感じた肌感覚を言葉に置き換えようとしているんだけど、そこまで潜る前にわたしの息が上がってしまう。深く潜らないと取り出せない言葉があるのに、はっはっと浅い息を繰り返すばかりで、熟考するための長い息づかいができない。

言葉にたどり着けないもどかしさは、どこか身体的に不自由な感覚です。もっと走れると思っていたのに、全然足が動かないというような。

もちろん、新型コロナウイルスのあれやこれやの前にも、「書く」ことで似たような足踏み状態に陥ることがありました。でもその時とは全然違う気がする。なんというか、「わたし」である前に「わたしたち」でいなきゃいけないような「圧」が強くて、自分の頭や身体がうまく使えないような。

他にもたくさんの小さな変化があります。

溺愛している猫のシャーがものすごくよく鳴くようになりました。夫がリモートワークとなり、終日同じ空間にいることに戸惑っているのかもしれません。シャーが鳴くと、以前なら甘えてきてかわゆいと思えていたのに、最近はあまりの頻度に仕事の邪魔に感じたり、ちょっといらっとくる時もある。ばかにもほどがあるほど可愛がっている猫にですよ……。

ちっせーよ。そんな自分がかなしい今日この頃です。

お二人はどうでしょう。まだまだこれから感染が拡大すると予測されていますし、どうぞお気をつけてお過ごしください。

あんぱんこと青山ゆみこ

理子さん発案の「ぎゅうぎゅう焼き」のタンドリーチキンアレンジです（カレー色で想像してご覧ください！）。自分の機嫌をよくするために、できるだけ美味しいものを食べるようにしています。すくすく育っています。コロナ、ゆるさん。

ジャムパン　2020.4.24　東京・吉祥寺

2　猫だけが変わらない

ゆみこさん、理子さん、こんにちは。

2018年の秋に、理子さんの『犬(きみ)がいるから』刊行記念トークイベントが開催されたとき、東京ではわたしが聞き役をつとめ、京都・大阪ではゆみこさんが登壇されたのですよね。

これはなんとしても聴きにゆかねばと、謎の使命感に燃えてひとり関西ツアーを決行し、初の菓子パン娘三人そろい踏みとなったのでした。

連日おいしいものをたらふく食べて、飲んで、肝心のトークの内容をほとんど覚えていないくらい笑いました。ずいぶん昔のことみたいです。

フリーランスの校正なんて仕事をしていると、一日中家から出ない、誰とも口をきかないのがむしろ「平常運転」です。

そういう意味ではコロナ前／後とで生活が大きく変わったわけではありません。

だけど「変わった」と感じている部分はたしかにある。

それは「不自由さ」じゃないかと思います。

ここでいう「不自由さ」とは、「外に出られない」「人に会えない」物理的な困難とは別のものです。

「息苦しさ」「後ろめたさ」というほうが、体感としては正確なのかもしれない。

ゆみこさんはそれを「『わたし』である前に『わたしたち』でいなきゃいけないような『圧』」と書かれていました。

いま、「みんなで力を合わせて」とあちこちで見聞きします。

でも、その言葉を目にするたびに、個々人のいろんな「苦しさ」が、巨大な掃除機みたいなものにぎゅいーんと吸い上げられて、紙パックの中でくるくる回転しているうちに、もやもやした灰色の「みんなの苦しさ」に、いつのまにか変換されてしまうように感じるんです。

わたし自身はこのご時世に仕事の量もほとんど変わらず（ありがたいというべき

なのか）、せわしない日々を送っています。

一方で街に出れば、よくごはんを食べに行っていた飲食店の人たち、仕事でもプライベートでもお世話になっている書店や古書店の人たちが、このままでは保（も）ってもあと……と低い声で言い合っているのが聞こえてきます。

この乖離（かいり）を「みんな」とひと括りになんてできるんでしょうか。

そうはいいながら、じゃあ自分にいったい何ができるのかと考えてみても、できることなどたかが知れていて、目の前にはつねに仕事があり、考える余裕さえ正直ない。

なにをやっているんだろう、わたしは、と毎日のように思います。

本の校正というわたしの仕事は「なくてもいい」といわれがちです。著者や編集者、あるいは印刷所や製本所なしに本が出ることは考えにくいですが、校正の入っていない本は、世にいくらでもあります。

そんな仕事をこの状況下でする意味があるんだろうか、と考えてしまう。

そう考えることには、お店をやっている人たちのような差し迫った苦しさではないかもしれませんが、逆に自分ではどうすることもできない一種の苦しさがあります。

人の心配をしてもしかたがない、といわれればそれまでなのですが。

猫たちだけが変わりません。食べて、寝て、起きて、仕事のじゃまをして、また寝て、のくり返し。

（余裕がないと、猫が甘えてきても「うるさい」と思ってしまって、そんなふうに思ってしまったことにめちゃめちゃ傷つきますよね……）

ゆみこさんはお連れ合いが退院されたばかりだし、理子さんは双子くんたちが家にいるようになってもう1ヶ月半、大変さでいえばわたしとは比べるべくもありませんが、どうか、できるかぎり心身いたわりながらお過ごしください。

ジャムパンこと牟田都子より

寝るのが仕事のひとたち

3 ひとりぼっち

クリームパン　2020.4.26　滋賀・大津

ゆみねえ、むっちゃん、お元気ですか？　きっと、お二人とも元気で過ごしておられると思います（Twitter見てます）。去年はお二人と楽しい時間を過ごすことができました。ありがとうございました。今年もまた、元気にお会いしたいです。そのときは再会を祝って乾杯しましょう。

さて、新型コロナウイルスが世界で猛威を振るっています。もうそろそろ、そんな報道にも疲れてきましたよね。日本でも、感染者は増えています。もちろん、死者数も。昨日は、非常事態宣言が全国に拡大されました。多くの飲食店や商業施設が営業の自粛を余儀なくされ、窮地に陥っています。学校も、全国的に休校となって、そろそろ1ヶ月半が経ちます。幸いなことに私も家族も元気で暮らしていますが、私自身は考え込むことが増え、仕事が手につかない状態です。営業を自粛する書店も増え、ションボリです。寂しいな。信じられない。なぜ私は、こんなにも多くのことを目撃する人生を送ってるのかなって、頭を抱えています。

また深刻に考えちゃって！　と思われるかもしれません。自分でも、私らしくないことをやっていることは自覚しています。緊急事態だからでしょう。連日報道されることが、あまりにも衝撃的で、混乱しているのかもしれません。でも、考えれば考えるほど、いま、この状況を目撃している私は、何をしたらいいのか、なぜこんなことになったのか、なぜこの時代に生きているのか、考えずにはいられないのです。

唐突に書いてしまって申し訳ないのですが、私は、ひとりぼっちになりました。私が子どものころ、木造の小さなアパートで一緒に住んでいた家族は、全員、もういません。この世には私しか残っていないんです。だから、私はひとりぼっち。実際には、自分の家族がいるのだからひとりぼっちじゃないのだけれど、それでも、私はひとりぼっちだなって、強く感じています。私の心の真ん中にずっと住んでいるあの家族は、静かに、ただそこにいるだけの存在になってしまいました。幸せや喜びを感じるたびに、同じように感じることができない、心の中に静かに存在しているあの人たちのことを考えます。自分の幸せのなかに、彼らを失った切なさを、悲しさを、どんどん注ぎ込むようにして暮らしています。幸せがどんどん薄くなってしまうのです。むかし、節約家のおばあちゃんが作ってくれたカルピスみたいに、すごーく薄い感じ。

家族を失うって、こういうことなんだなと噛みしめています。見せてあげることができなかった風景を、感じさせてあげることができなかった喜びを、ずっとずっと、想像して、それでも生きていくことなのだと。大げさかな。

連日、増えていく死者数が淡々と報道されますが、その何倍もの人々が、私と同じような喪失感を抱えるのだと思うと、悲しくなります。

ただ、こんな状況でも、自分ができることってたぶんあるのだろうと考えています。諦めずに、自分の仕事を続けること（つまりこうしてものを書いたり翻訳したりだ！）、それから、元気でいること！　それが大事なのかな。

なんだか愚痴っぽくなってしまったし、暗くなってしまった。ごめんなさい。とにかく、お二人とも元気でいてくださいね。お会いできる日を楽しみにしています。

村井クリームパン理子

パン屋さんでもらったパンの耳をラスクにしたよ。

あんぱん　2020.4.29　神戸・元町

4　絶望しても生きている

牟田さん、理子さん、ご返信ありがとうございます。

お二人からお見舞いの言葉や励ましをいただきましたが、4月頭から夫が二度の入院と、心臓カテーテル治療をしました。

おかげさまで術後の経過は良好で、元気いっぱいです（いっぱいすぎて調子よくグラスを上げ下げしすぎてるほどです……）。

さておき、その入院の1度目の時期は、「神戸－大阪」の移動自粛が各自治体の長から発せられている最中でした。2度目は、安倍晋三首相により、七都道府県に対する緊急事態宣言が発令されたタイミング。

なんでこんなややこしいときに……と思うのと同時に、電車の乗車率が下がり満員電車を回避できたので、大阪の病院に通うストレスが軽減したのは不幸中の幸いだったのでしょうか（もういろんなことがよくわからない）。

夫が入院となると、「妻」であるわたしは、担当医による説明を一緒に受けて同意書にサインをしたり、手術時の付き添い（といっても病室でコーヒーを飲んで本を読むだけ）などを行う必要があり、点滴の針を刺している間は、食事の介助をしたりと、病院で過ごす時間が多い日々でした。

そこは関西でも心筋梗塞や心臓カテーテル治療では定評がある、循環器疾患に特化したいささか特殊な病院で、他の臓器に問題を抱えた患者さんはほぼいません。待合の風景も、総合病院とはちょっと違います。事前予約の検査か、入院手続きの患者さんしかいないから。

病棟フロアも、歩ける患者さんが多く、検査→カテーテル（手術）→経過観察→退院という「回復する」短期コースが前提なので、雰囲気にもまったく重たさがありません。

いや、死にかけて入院した人が多いんだけど、どこかこう切迫した空気や張り詰めた緊張感がないんですよね。

そんな病院のなかで、病室が個室だったせいもありますが、病室の扉を閉めると、なんだか世界から遮断(しゃだん)された気分になったんです。病院の外の、わたしの日常である場所は、「世界が新型コロナウイルスを中心に回っている」。そこは不穏な空気と緊張感に満ちているのに。

なんかね、ふと思い出したんです。

その世界では、決定的な治療法のない感染病が蔓延(まんえん)しているけれど、同時に、がんで余命宣告を受けて終末期医療を受けている人もいるし、難病と闘っている人もいるはずで、その家族もいる。

そんな当たり前のことを。

「世界が新型コロナウイルスを中心に回っている」と思い込んでいただけで、そうではない。それぞれの抱えた問題がそれぞれの世界の中心にある。

「非日常さ」とは重層的に社会を構成しているんだなあ。それでちょっと愕然(がくぜん)としたんです、自分に。わたしはわたしの目線でしか世界を見ていないんだなって。

理子さんがお兄さまのことを書かれていましたよね。ある意味、理子さんにとってプロトタイプの家族がもうおられないことへの気持ちも。いろんな感情がこみ上げてちょっと泣いてしまいました。

わたしの母が2017年に、父は昨年旅立ったので、二人とももうこの世にいないのですが、感染が拡大しはじめた時、わたしは二つのことを想像しました。一つは、この感染症による死者の家族が喪失感を抱えることの苦しさ。牟田さんが触れていた、個々人の「苦しさ」でもありますよね。死者の「数」じゃない、一人ひとりの苦しさがそこにはある。

もう一つは、とてもひどいんですが、「父や母はこんな世界を見ずにすんでよかったなあ」と思ってしまったんです。

母が最後に入院していた神戸の総合病院は、現在、院内感染が拡大して毎日ニュースで目にします。おそらく家族の見舞いも極度に制限されているはずです。

父がお世話になった老人ホームも面会ができなくなっています。日に30回も「今日は来るんか」と電話をかけてきた寂しがり屋の父が、もしいま生きていたら、そんな状態に耐えられただろうか……。

どんな状況であれ、父も母ももっと生きたかっただろうし、娘であっても本人でない限り思っちゃいけないことなのに。たったいままさにそんな状況下にいる方が少なくないはずなのに……。

引き裂かれながらも自分がそんなふうに思ったことで、ああわたしはいま絶望しているんだなと気づきました。自分が絶望するような世界に、父や母がいなくてよかったと感じてしまったのだと。

絶望しても、朝がきて昼ごはんを食べて、夜になったら寝て、また朝がくる。生活は続く。なんだかそれだけ。毎日が繰り返されるだけ。「だけ」って思っちゃう。

いつかは終息するという希望を捨てているわけではありません。笑ったり、泣いたり、お腹を空かせて美味しいものを平らげたり、いろんなことに少しずつ慣れながら、できる限りこれまでに近い日常を過ごそうとするけれど、どうしようもなく絶望感が常に心にどすんとある。

でもなんだろう。絶望していても生きられるんやなあ。

絶望とは、真っ黒にべったり塗られて息の詰まるような世界のイメージだったのですが、存外塗り残しがあるものなのかもしれません。
人間ってすごいな。妙に感心している今日この頃です。
お二人も今日も明日も、とにかく生きてください。

あんぱんこと青山ゆみこ

暖かくなってきたのでシャーのひなたぼっこ時間が増えてきました。悪性リンパ腫と共存しながら生きている彼女の余命は、「数日」から「数年」に延びた可能性もあります。生死は誰にもわからないんだなあ。

ジャムパン　2020.5.2　東京・吉祥寺

5　こわくてたまらない

ゆみこさん、理子さん、こんにちは。

東京は昨日の台風のような大雨から一転、快晴でした。

夫と隣駅まで歩きました。井の頭公園から玉川上水沿い（太宰治が入水したあたりです）の遊歩道は新緑がきれいです。桜よりも短く、あっという間に過ぎてしまうこの時季が、わたしはいちばん好きかもしれません。

途中で夫が「あれは何の木？」と指さす方角を見てみると、なんとビワの木でした。雑木林の中に唐突に一本生えたビワの木、鳥が種を運んだのでしょうか。数え切れないくらい歩いた道なのに、これまでまったく気がつきませんでした。

食料品などの買い物をして、なじみのごはん屋さんでお惣菜を重箱に詰めてもらって、帰ってきました。絵に描いたように平穏な日曜日の午後でした。コロナのことさえなければ。

以前、理子さんが「考える人」の連載で「でっかい『人生』という文字が、私の頭上にドカンと落ちてきている」と書かれていたのを覚えていらっしゃいますか。

この一文が、ずっと頭から離れないんです。

わたしの家族（両親と弟）はいまのところ、ひとりも欠けることなく健在です。でも、順当にいけば、どうしたっていつかは別れる日がきます。実家に顔を出すたびに老いていく両親の姿を見るにつけ、弟の頭に増える白髪を見るにつけ、その日が来たときのことを想像せずにはいられませんでした。

こんなことを言ったら笑われるかもしれませんけど、こわいんです。人生が平和で幸福だと感じられるほど、いつかはそのつけを払わなくちゃいけないんじゃないかと。

批評家の若松英輔さんは「悲しみの扉を経なければ、どうしても知ることのできない人生の真実がある」（『現代の超克』）と書かれていますけれど、わたしは悲しいことに向き合うのがこわい。「人生」が頭の上に落ちてくるのが、こわくてたまらないんです。

吉祥寺の街を歩くと、わたしが通っていた個人店は軒並みシャッターを下ろしています。

いつもコーヒーを飲みにいくカフェ。顔なじみの雑貨屋さんに洋服屋さん。仕事柄すぐにたまってしまう本をひきとってくれる古本屋さん。自分の本棚のように使っていた本屋さん。友達に会いにいくみたいにごはんを食べにいっていた飲み屋さん。

どんなにか悩んで決断されたのでしょう。開けているわずかなお店にも同じ苦悩があるはずです。

応援したくても、お店に行くことがそこで働く人たちの負担になるんじゃないかと思うと躊躇(ちゅうちょ)してしまう。せめてSNSで紹介しようかと考えて、でも、よそは閉めているのになんであそこだけ開けているんだ、と心ない人に言われやしないかと思うと、それもためらわれ……。どれひとつとして、誰ひとりとして、欠けてほしくはないのに。

今回は明るい話題を書こうと思っていたのに、またしても暗くなってしまいました。

理子さん、ハリーくんは元気にしていますか。ゆみこさんちのシャーも調子がいいみたいでなによりです。先日、うちの猫が鴨(かも)のロースト(近所の老舗フレンチで奮発したテイクアウト)をちょろまかそうとした瞬間に目が合って、怒るより先に笑ってしまいました。動物たちの変わらなさは救いです。

ジャムパンこと牟田都子より

玉川上水、ランニングをしている人がいつになく多かったです。家から出られなくて唯一のストレス発散法が食べるか飲むかになってしまい、危機感を覚えている人は多そうですよね。わたしもしばらく体重計に乗っていなくてまずいです。

クリームパン　2020.5.5　滋賀・大津

6　記憶の鍋のフタ

青山さん、牟田さん、こんにちは。お元気ですか。私は元気です。ハリーも家族も、相変わらずとっても元気で過ごしています。ニュースを読めば、心穏やかとはいきませんが、ここはもう少しの我慢でしょうか。

牟田さん、前回のお手紙によると、落ちてきそうに思えるんですよね、「人生」という文字が。それも頭のうえに、ドッカンと。わかります。私もそんな気持ちですよ。そろそろ上のほうから、誰かがでっかい「人生」を、私の頭めがけて投げようとしているように思えます。

私の場合は2年前に一度、それから半年ぐらい前に一度、でっかいやつが、いきなりどかんと来ました。大きな手術を経験し、兄の突然の死を知らされました。もう、頭からは血がダラダラです。うわ〜、これは再起不能だわ〜と思うほど、結構な大怪我でしたよ。いきなり来るものだから準備なんてできません（ヘルメットなし）。でも、そのダラダラの血がいつしか止まり、鋭かった痛みが、ぼんやりとした曖昧なものに変わったとき、自分でも驚くほど穏やかな気持ちになれたことが忘れられません。あれはなんだったのかな。人生なんてこんなものなのだろうと悟ったのか、それとも、無理矢理そう信じ込んだのか、わからないんです。

昔からよく褒められることがあります。それは、私の「すべてきれいさっぱり忘れてしまう性格」です。もうこればっかりは本当に、何度言われたかわかりません。親にも、友達にも、上司にも、仕事相手にも、村井さんは本当にプラス思考だなあ！　あなたは本当に明るいわよね！　村井さんは細かいことは忘れちゃって、いつもハッピーでいいね！……

でも、最近気づいたんですけど、私、実際のところ、なにひとつ忘れていないんですよね。忘れていないというよりはむしろ、完璧に覚えているではないですか。ある意味、ものすごく嫌なやつだと思います。まるで動画のように、鮮明に再生できるほど、すべてを記憶しているのです。辛いことも悲しいことも悔しいことも、すべて。私が上手なのは、そんな記憶にフタをすることでした。だから、私の心のなかには、いろいろなサイズのフタが山盛りあるんじゃないかと思います。

そしてもうひとつ気づいたんですけど、私はそのたくさんのフタを、少しだけ開けたり、閉めたりしながら、そこから少しだけ漏れ出してくる記憶の湯気みたいなものをかき集めて、こうやってものを書いているのかなってことです。ぐつぐつと音を立てる鍋に入った記憶のシチューにフタをして、じっくりと煮込むわけです。ときどきなかの様子を確認してみます。なるほど、よく煮えているな。もう少しだね……こんなことなのかもしれません。

だから今回の大変な自粛生活のことも、それが終わったあとのことも、たぶん鍋に突っ込んでフタをするんでしょう。そしてしばらく煮込むんだと思います。落ちてきた「人生」という文字も、刻んで入れるんだと思います。鍋が満タンになりそうだな。でもね、最後には全部食ってやろうと思ってます。まるで闇鍋のようで恐いですね。でも、味に深みが出そう。そんなのも、たまにはいいんじゃないでしょうか。

まとまりのないお手紙になりました。みんなで鍋のシチューを囲んで食べる姿を想像すると笑ってしまう（ククク……）。不思議な集まりだなあ。

それでは、また！

村井

野菜をモリモリ食べております。

2

おこもり生活を支えた美味しいもの

思わず缶ビールをぷしゅっとやらせる。土曜日じゃなくても…。

暑苦しいほどの焼きそば愛

青山ゆみこ

関西の、とりわけ「昭和の小学生」にとって「土曜日の昼ごはん」といえばソース焼きそばだ。午前中だけの学校を終えて、午後からは自由な時間が始まる。その祝祭のゴングを鳴らすのが、香ばしくスパイシーなソースの香りなのだ。

具材を切り麺と炒めるだけで、調味料はほぼソース一本のみ。洗い物もフライパンと皿一枚で済む。日曜日の全日ご飯づくりを控えて少し心が重たいお母さんにも、優しく心強いメニューだ。

日曜日のご馳走でもない、土曜日の気軽なソース焼きそばは、どこか鬱々とした空気の漂うコロナ自粛下にお

地元神戸のソースをはじめ、大阪や京都の地ソースも揃える長田区（うちから自転車で30分ほど）にあるソースの聖地「ユリヤ」さん。実は商店街の酒屋さん。

いて、我が家でもお休み初日のようなうきうき感を運んでくれる定番簡単めしともなった。

　さて、このソース焼きそばにはウスターソースを使う。お好み焼きソースより粘度が低く、しゃばしゃばしているので麺がべちゃっとなりにくいからだ。

というのが常識だと思っていたら、関西出身者でない人と話しているとき、彼らの食卓においてウスターソースの存在が薄いことに最近気がついた。

「中濃の薄いやつっていうイメージ？」というフレーズを耳にしたときは、衝撃のあまり、手が震えてその振動で手にしていたソースのフタがあきそうになったほどだ。

　関西人（いささかざっくりした言い方だが）の冷蔵庫には、たいてい中濃系の「とんかつソース」と、しゃばしゃばの「ウスターソース」の2本が常備されているだろう。

神戸には地ソースが多く、うちでは、とんかつ＝オリバーソース、お好み焼き＝ブラザーソース、焼きそば専用&ウスター＝ばらソース、串かつ＝ヘルメスの串かつ屋さんソースといったふうに用途にわけて揃えている。

フライなどの揚げものがへたでも、べちゃっとしたお好み焼きになっても、それぞれに美味しいソースをかけるだけで、いきなり味がびしっと締まる。良い調味料というのは、しょぼい素材や未熟にもほどがある調理テクニックを、全方位カバーしてくれる力量がある。ソースはえらいのだ。

とりわけウスターソースの守備範囲は広い。焼売にも揚げ物にもかけるし、ナポリタンスパゲティやカレーの隠し味にもウスターソースを入れる（よね？）。オールマイティかつ派手に料理を盛り上げるスタンドプレイヤー。頼りにしまくっている。

というわけで、暑苦しいほどのソース偏愛語りはこのへんにして、自粛生活の間に完成度を高めた自宅焼きそばの作り方を紹介したい（頼まれてもいないのに）。

材料
◎焼きそば用蒸し麺◎豚バラ肉◎キャベツ
◎粉かつお◎ウスターソース
◎お好みで青ねぎや青のり、一味など

①フライパンに少し油をひき、温まったら豚バラ肉を重ならないように広げる。豚バラ肉は縮むので、4センチくらいに切っておく。軽く白こしょうを振る。
②脂が出て片面がかりかりに焼けたら、箸でひっくり返す。けして炒めてはいけない。あくまで「焼く」のがポイント。両面をかりっと焼き上げたら、一枚ずつはがして芯を取っておき、1センチ幅ほどに切っておいたキャベツを肉の上にのせる。キャベツは繊維に対して直角に包丁を入れると、食べたときに歯にあたらず食感がいい。すぐに、さっと水とおしした麺をその上にのせる。そのまま10秒ほどおいてキャベツを軽く蒸す（甘みが出る）。
③豚バラ肉から出た脂を全体にまわすように混ぜる。このときも、炒めるという

より、麺を熱い鉄板に焼きつけるイメージで。

④油で麺がテカって、キャベツがしんなりしてきたら、粉かつおをどばどばっとかける。この粉かつおで旨みが強くなる。花かつおしかない場合は、ほぐして粉にするといい。

⑤粉かつおが全体になじむようにさっと混ぜたら、ウスターソースを投入。好みの味に途中で足せるので、どばどばどば、といかず、どばどば、くらいでいい（わかりにくくてすまない）。味を見て足りないようなら途中で足す。

⑥ここで最重要なのが「ソースと麺を絡めるように炒めない」こと。あくまで熱い鍋面を使ってソースを焼きつつ、全体の水分を飛ばしていく。具と麺は勝手に混ざる。ウスター系のソースは、「熱が入って味が変化する」ことを前提に作られている。ソースの酸味がほどよく飛び、甘みと旨みが凝縮する。麺がべちゃっとしている状態では、まだ水分の飛ばしが足りない。家庭用のコンロの強火で十分に飛ぶ。

⑦ソースの水分が飛んだら、好みで小口切りの青ねぎを入れて、さっと混ぜてね

ぎに軽く火をとおしたら完成。紅ショウガを添えると理想的なジャンクさになる。

作り方の師匠は、長年通っているお好み焼き屋さんの大将。緊急事態宣言中は、持ち帰りのみになり、後半は休業されていた。お店に行けないのが辛かった。10数年通っているそのカウンターでかじりつくように見て覚えたのがこのレシピだ。自粛が解除されるやお店に走った。やっぱり鉄板前で食べる焼きそばはうちの百万倍美味しい。鉄板の火力もソースも、麺も、豚バラ肉も、キャベツの包丁の入れ方も違う。どれだけ真似しても。愛も深い。

うちから自転車で2分のお好み焼き屋の「一平」さん。カウンターは白木の檜。すべてにおいて職人魂が炸裂する大将。無駄のない所作に惚れ惚れ。

エンゲル係数が止まらない

村井理子

自粛生活で私が一番困ったのは、もちろん、成長期にある中学生の息子二人の毎日の食事だった。特にわが家の双子は、二人ともスポーツにはまっていて運動量が多く、とにかくよく食べる。それは結構なことなのだが、厄介なのは好みがそれぞれ違うことだ。出したものを食べなさいと言うこともできるだろうが、休校生活でただでさえストレスの多い子どもたちに口うるさく言うのは面倒で、彼らの好みに合わせたものを、ただ黙々と作っていた（ゲッソリ）。

二人の好物はオムライスで共通しているが、兄は

フワフワ卵（卵は3個、バターを溶かしたフライパンに卵を流し入れ、強火にし、箸でかき混ぜてふわっと仕上げる）と、たっぷりのケチャップが好きで、ケチャップのブランドにこだわる。弟のほうは、チキンライスを巻く卵（2個）は薄めにしっかりと焼くが、チキンライスと卵の間に溶けるチーズを入れて欲しいと強く主張する。そのうえ、チキンライスは鶏肉とたまねぎのみじん切りをバターで炒めたフライパンにケチャップを入れ、焦がし、風味を出してからごはんと炒めるのが最高に美味しいよね……とさりげなく注文をつける。チーズは「スライスチーズじゃないよね？　ちゃんとしたシュレッドチーズだよね？」と、確認する。困った子だ……。

しかし、こんな注文を聞くことができたのも最初の1ヶ月だけで、あとは大量購入、大量消費へとシフトしていったのは言うまでもない。頻繁に買い物には行けない状況だったため、宅配で頼む野菜類は、袋単位から徐々に箱単位となっていった。とりあえず絶対に必要だからと、たまねぎとじゃがいもは毎週一箱ずつの注文だった。

じゃがいもは、軽く茹でて皮を剝き、1センチぐらいの厚さに切って、バターを入れたフライパンで、弱火でじっくりと焼き上げる（そういえばバターもまとめ買いしていた）。表20分、裏20分。いい色（濃いめの茶色がいいらしい）がついたあたりで塩胡椒をして、テーブルに山盛りにしておく。息子たちはそれぞれ、おやつのようにして、じゃがいもを大量消費した。

たまねぎは、豚バラ肉、ニラ、ニンニクチップと一緒に強

火で炒め、仕上げにたっぷりのポン酢を回しかけ、ブラックペッパーを振り、念を押すように強火で炒め、こちらも大皿に盛っておく。するとお腹が空いた誰かがジャーからご飯を盛ってやってきて、一杯食べて、コーラを一気飲みしてランチは終了となる。この二種があれば、とりあえず乗り切ることができるのだ。

しかし、2ヶ月を超えたあたりからは、料理をすること自体が苦になってきた。おまけに両手首が痛むようになってきた。仕事の影響もあるだろうが、フライパンを振っていたのも原因だと思う。仕方がないので息子たちに料理を教えはじめ、二人は簡単なものであれば作ることができるようになった。料理といっても、インスタントラーメンに野菜を加えるとか、目玉焼きとソーセージなんていうスタンダードなメニューだったけれど、きっと自分たちで作ったものは、格別

だっただろう。そうそう、卵は週に2パック、ソーセージは1キロの袋で購入しておりました……。

息子たちについては、じゃがいも、たまねぎ、卵、肉、チーズ、牛乳、コーラ、カット野菜（割高と言われても、カットする手間を省きたかった）、ポテトチップスがあればなんとかなった。私はといえば、お得意の通販で全国各地から、次々と食品を取り寄せて楽しんでいた。イチゴ、さくらんぼ、練り製品、ケーキ、クッキー、肉、魚、パン。ありとあらゆるものを取り寄せては、ひとりニヤニヤしつつ食べる毎日だった。大人はそう大量に食べる必要はないので、たまに仕出し料理屋に立ち寄っては、テイクアウトのお惣菜や刺身を手に入れ、それをちびちびと消費していった。

今も自粛生活の大量購入のクセが残っていて、今日も冷凍庫がパンパンになっている。そして明日、イチゴが1キロ届

くらしい。ここ数ヶ月のエンゲル係数はなかったことにしたい。

バターをのせるときは体重計のことは忘れて。

15年ぶりのパンケーキ

牟田都子

朝食のための道具が食器棚のかなりの割合を占めている。２００グラムのバターがぴったり収まるドイツ製のバターケースや、レトロな花柄の北欧のアンティークのお皿、10年以上かかって見つけた理想のフォルムのティーカップ、取れてしまった把手を見よう見まねの金継ぎで直したミルクピッチャー。どれひとつとっても、いつどこで手に入れたか語れるくらいに思い入れがある。

だけどふだんは朝食をとらない。

図書館で働いていた20代のころは、定時できっかり勤務時間の区切られた生活をしていた。リズムが崩れたのは校正の仕事に転職して、雑誌の担当になってからだ。出勤は午後1時。朝食をとって、昼食を食べても、その日の仕事が始まっていない。

あるとき食事療法を体験して、午前中は食べないほうが頭が冴えて集中できることに気がついた。会社勤めをやめて自宅で仕事をするようになったのを機に、一日2食にして、最初の食事は早めの昼食くらいの時間帯にとるようになった。

家族が家にいる週末の朝だけはふたりで朝食をとる。近所に気に入っているパン屋がいくつかあって、紅茶やコーヒーに合いそうな甘いパンを買っておくと、翌朝が楽しみになる。

コロナでそれができなくなって、休日の朝がどこか気もそぞろなものになってしまった。週末はなるべく仕事をしないようにと心がけてはいるものの、〆切は待ってくれない。せっかく淹れてもらったコーヒーをそそくさと飲み干してゲラを広げていると、いったい誰のため、何のために仕事をしているのだろう、と気持ちが沈んだ。

自粛を機に料理家の友人が始めたウェブショップに「塩パンケーキミックス」と

いう商品を見つけた。パンケーキといえばひとり暮らしを始めたころは週末の定番だったのに、いつから作らなくなってしまったのだろう。15年ぶりで挑戦してみようかと注文した。

なにしろ15年ぶりだから手順もきれいさっぱり忘れている。野菜を洗うのに使っている大きなボウルを出してきて、牛乳は切らしているから豆乳で代用することにした。いつもは目分量の料理ばかりしているが、このときばかりは計量カップできっちり計る。卵を割ったとたん猫たちが飛んでくる。泡立て器がないのでレードルで混ぜながら、何度かに分けて豆乳を注ぎ入れ、固すぎずゆるすぎずの塩梅を探る。

テフロン加工のフライパンを熱して、そうだ、濡れたふきんの上に置いてから焼き始めるのじゃなかったっけ、と思い出す（理由は忘れた）。じゅっと小さく音がする。コンロに戻したフライパンに、レードルですくった生地を流す。しばらく見守っていると、ぽっ、と小さな孔（あな）がひとつ。ぽっ、ぽっ、ぽぽぽぽっ、くらいになってきたら、フライ返しを生地とフライパンの間に差し込んで様子を見る。せー

もらえるものだと決めてかかっている。あげませんよ。

の、と胸の中で声をかけてひっくり返すと、きつねというよりはややたぬきに転んだ色だった。次こそはと意気込んで焼き始めたら、濡れふきんで「じゅっ」を忘れた。三度目の正直で「塩パンケーキ」なのに生地に塩を入れるのを忘れていることに気がつく。こうしてやっと上手く焼けるようになるころには終わってしまって、次に焼くときにはまた一からやり直すことになるんだろうな。

ダイニングテーブルに麻のランチョンマットを敷いて、真っ白なボーンチャイナの皿を並べた。バターとメープルシロップはたっぷり。紅茶もポットで淹れる。新婚旅行で泊まったスイスのホテルの朝食を思い出しながら。ふたり暮らしになってから、こんなふうにダイニングテーブルで向かい合って朝食をとったのは初めてかもしれない。慣れなくておままごとをしているみたいだ。

ひとり暮らしを始めたころは、おままごとみたいな生活にあこがれていた。お皿一枚買うのにも、乏しい財布の中身と相談しながら悩みに悩んで決断していたあのころ、ほんとうに欲しかったのはおままごとみたいな生活に付き合ってくれる家族だった。

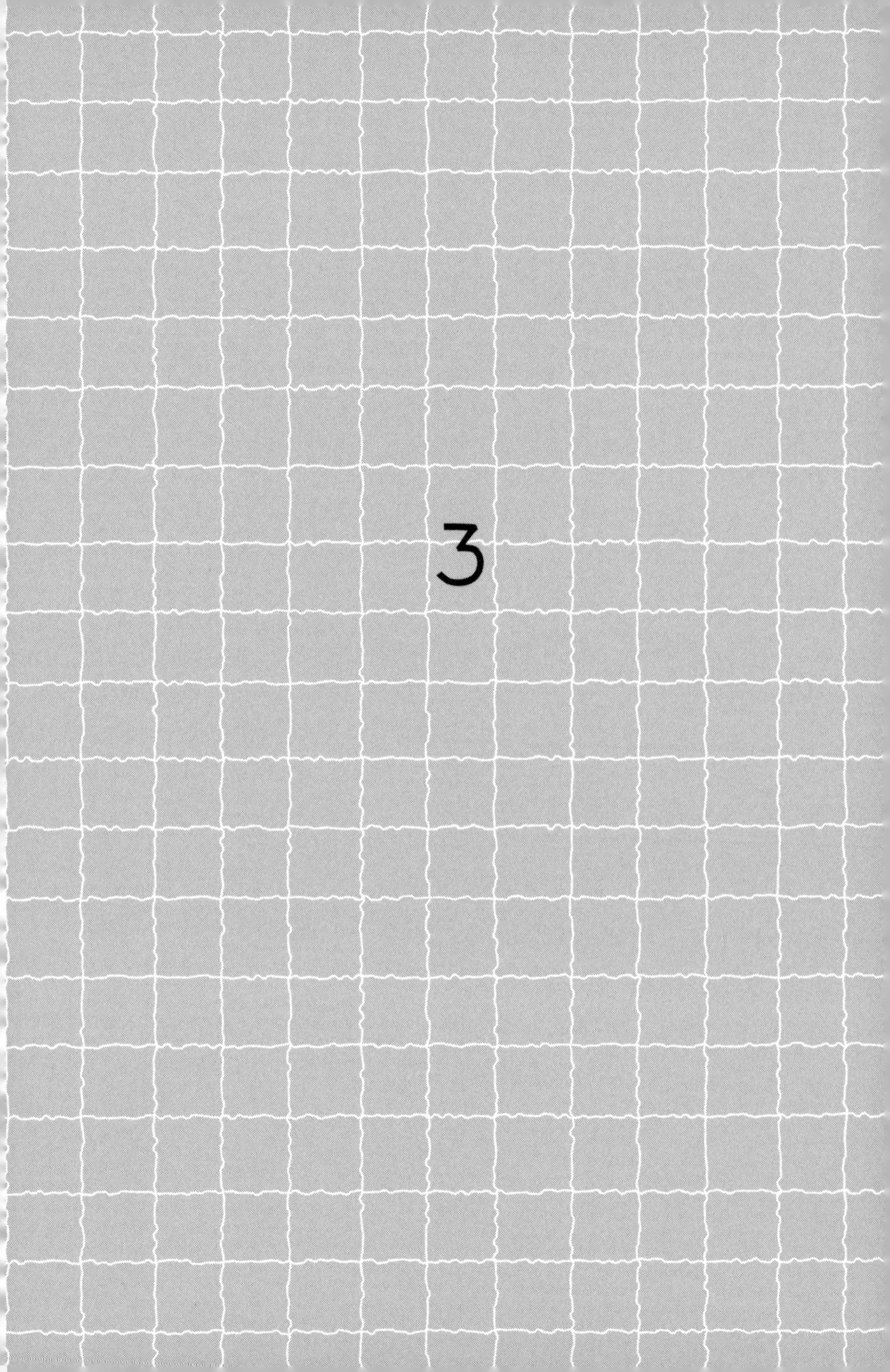

3

あんぱん　2020.5.8　神戸・元町

7 良いニュースは小声で語られる

理子さん、牟田さん、こんにちは。

もうずいぶんと日が長くなってきましたねえ。

すっかり強くなった日差しは、じりじりとわたしのおでこを焼いています。

気づけばもう5月。ゴールデンウィークもなんだかよくわからないまま始まって、そして終わった気がしています。

例年だとこの時期は、「大型連休前進行」という締め切りのうねりに巻き込まれているのが常じゃなかったですか？

校閲者も翻訳家もライターも揃って「ひーひー」泣き叫ぶなんてことが、SNS上でも見慣れた光景だったような（お二人はいつも超ご多忙そうですが）。

盆進行、年末進行……なんちゃら進行はいつも「前倒し」だったけれど、いまの「緊急事態進行」で、わたしの仕事はほとんどが「後ろ倒し」になりました。レギュラーで抱えている編集制作物の納品日が延期となり、締め切りはのびのびです。これ、普段なら「超ラッキー！」なんだけど、いまは全然ラッキーじゃない。ががーん、ですよ。

あらゆることがイレギュラー。まあ、この往復書簡というか、菓子パン娘のお喋りリレーだって、ひと月前には想像もしていなかった企画だもんなあ。でもこのイレギュラーは、わたしにとって「超嬉しい」ものでした。いえ、内容はそうとばかり言えないです。ただ、この困難な時期にこうやって理子さん、牟田さんと密にやり取りできることは、きっと今後のわたしに少なからず影響するだろうと思うんです。良いように。

きっとね、似たようなことがたくさんのひとに起きているのではないでしょうか。

今だからこそ精神的な距離が密になることで、小さな楽しみや救いが生まれるというような。そういうことって「小さな声」で、実はあちこちで行き交っているのではないかと思うんです。

こないだの理子さんのお手紙を読んでいて、でっかい「人生」の文字もあれもこれも鍋に突っ込んで、ぐつぐつ煮立っているシチューの様子を見ている姿を想像したら、胸がきゅうっと締めつけられて切ない気持ちになったんだけれど、最後に全部食ってやるっていう言葉を目にしたら、思わず笑っちゃって。

If I wasn't hard, I wouldn't be alive. If I couldn't ever be gentle, I wouldn't deserve to be alive.

厳しい心を持たずに生きのびてはいけない。優しくなれないようなら、生きるに値しない。

（レイモンド・チャンドラー『プレイバック』村上春樹訳）

レイモンド・チャンドラーの『プレイバック』の一文を村上春樹はそう訳したけれど（清水俊二さんの訳も好きです）、理子さんとマーロウがかぶったり。

理子さんが最近上梓(じょうし)された、お兄さまが急逝されてからの怒濤(どとう)の日々を綴った『兄の終(しま)い』は、発行されてから関係した方々から続々と良いニュースが届いていますよね。理子さんがそのことをSNSで呟くたびに単なる読み手のはずのわたしも、そのニュースに耳をそばだてて、嬉しくなったり胸をあたたかくしたりしています。他の読者と同じように。

村上春樹の『ねじまき鳥クロニクル　第2部　予言する鳥編』に、ある女性が主人公の僕（岡田）に語りかけるこんな一説があります。

「いいですか、岡田様、岡田様もご存じのように、ここは血なまぐさく暴力的な世界です。強くならなくては生き残ってはいけません。でもそれと同時に、どんな小さな音をも聞き逃さないように静かに耳を澄ませていることもとても大事なのです。おわかりになりますか？　良いニュースというのは、多くの場合小さな声で語られるのです。どうかそのことを覚えていてください」（新潮文庫）

このところ、大きな声で叫ばれる悪いニュースばかりが耳に飛び込んでくる。「えええ」と思わず椅子からずり落ちそうになる報道や、誰かが誰かを批難する声。

その尖った声に対するバッシング。当然だと思うんです。わたしがいるこの世界は困難な状況を前に暴力的に傾いている。それからひとときも離れることはできません。

「鍋」のなかでは、そんなクロいものも闇鍋のようにぐつぐつ煮立っている。でも注意深く鼻をきかせてみると、ほのかに美味しそうな匂いが混じっているのにも気づきます。小さな声で語られる良いニュースも、確かに鍋に混じっている。たとえば、牟田さんが散歩で見つけたビワの木のようなものが。

良い知らせと悪い知らせがごった混ぜにぐつぐつと煮込まれているいまだから、小さな声に耳をすませたい。そんなふうに思う今日この頃です。

うちからスーパーまでの道は、地域猫の生活場所となっています。全然、外出を自粛しません。わたしが一定距離に近づくとすっと移動します。NO密。かしこい。

ジャムパン　2020.5.11　東京・吉祥寺

8　途方に暮れる

ゆみこさん、理子さん、こんにちは。

理子さん、『兄の終い』重版おめでとうございます。ゆみこさんの『ほんのちょっと当事者』も4刷が決まったのですよね。

本来ならさらに売り伸ばしていきたいタイミングのいま、多くの書店が休業しています。頼みの綱のオンライン書店も、品切れや配送の遅延が起こっていると聞きます。

著者であるおふたりはもちろん担当編集者も、出版関係者は誰もが、どんなにかもどかしい思いをされていることかと思います。

わたしの住む街でも駅ビルやデパートの中の書店はみんな閉まって、唯一、商店街の中にある路面店だけが営業を続けています。営業時間の短縮やサービスの縮小という制限つきではありますが。

だからその書店はとても混んでいます。平日の昼間にレジに行列ができているなんて初めて見ました。といって人手が増えているかといえば、むしろ反対でしょう。そこで働く書店員の知人も疲弊(ひへい)しきっているように感じられました。

少し前にTwitterで見た別の書店員さんのつぶやきが、抜けないとげのように忘れられません。

そのかたは店頭に新刊を並べながら、「わたしはいま、命がけでこの本を売っているのだと思った」というのです。

命がけで本を売る。

命とひきかえに売らなければならない本なんて、この世に存在するのでしょうか。

いま、本を作るという自分の仕事をすることは、誰かの命を危険にさらすことなのかとショックでした。

いうまでもありませんが、いまお店を開ける、店頭に立つというのは、感染のリスクにさらされるということですよね。

同じことが書店に限らず、いたるところでいえるのだと思います。「不要不急」ではないとされた業種の多くで。医療の現場はいうにおよばず、スーパー、ドラッグストア、コンビニエンスストア、etc.……。

個人的には外出を極力減らして、食料品や消耗品などの買い物はまとめてするようにしています。そうして外に出るわずかな機会に顔なじみの飲食店でテイクアウトをすることもありますが、そのときにも、靴底になにかがべったりとはりついているようなうしろめたさがつきまといます。

お店の人はリスクを承知のうえで開けることを選んでいるのだから（あるいは開けざるを得ないのだから）、できることならそこで買い物をしたい。少しでもお金を落としたい。

一方で、自分が行くことが、そこに立っている人たちにとってのリスクにもなり得る（というより、常にリスクである）。

自分の住む街の書店だけでなく、過去にイベントを開いてくれた書店や、本を置いてくれた書店、旅先で訪ねた書店に、せめてものという思いで通販の注文をすることがあります。

でも、それもけっきょく、荷物を運ぶ人たちの負担を増やして、彼らにリスクを強いる行為なんじゃないかと思うと、八方塞がりの気持ちになります。

そもそも買い物をして応援するというのだって、自分は安全な場所にいるくせに、上から目線じゃないか、といわれれば、返す言葉もありません。

だけど、書店がなくなってしまったら、わたしたちの仕事も立ち行かなくなります。本は作って終わりじゃない。書店が売ってくれて、読者の手元に届いてこそ、ようやく本になったといえるのですから。

どうすればいいのでしょう。

近所のバルが野菜を売り始めたので、そこで買ったグリーンピースで豆ごはんを炊きました。ごはんが炊けてから豆を生のまま入れて蒸らすのが、プリッと仕上げるコツだそう。

クリームパン　2020.5.14　滋賀・大津

9　三人から始めよう

こんにちは！　あっという間の3通目です。二人とも、お元気そうでなによりです。

私自身は、心配なことも多々ありますが、なんとか元気で暮らしています。この騒動が早く終わらないかなあなんて、仕事もはかどらないというのに毎日律儀にデスクに座りながら、ぼんやり思っています。夏の夕暮れの心地よい風に頬を撫でられながら、淡い灯りの下でグラスを交わしたあの日……あれはもう戻ってこないのではと、またしても暗いことを考えました。あの美しいオレンジ色の夕暮れを、たくさんの人と共有できるのは、いつになるのかなあ。私が住んでいる場所は自然が多いところで、夕暮れも確かに美しいですが、そろそろ街の灯りが恋しくなってきました。

お二人の手紙を読んでいてふと思い出したことがあったので書いてみます。12年ぐらい前の話ですが、当時、私は大きな悩みを抱えていました。ひとりでは到底抱えきれないほどだったので、とある人に相談しました。するとその人は、私の話を聞いてしばらく考えたあと、「とりあえず、君が今できることは、自分の周りにいる人にそれを理解してもらうことだ。社会を変えようなんて大それたことは考えないほうがいい。君が潰れてはいけないから。とりあえず、自分の周りにいる人に……そうやな、まずは三人や！　その三人に理解してもらえたら、それはすごいことやで！」と言いました。「その三人からスタートしたらいい。三人に理解してもらえたら、そしたらその先を考えたらいい。その三人が、次の三人を見つけてくれるかもしれんやろ？　世の中って、たぶんそういうものなんやで」

このときから、私のなかで、自分の周りにいる三人がキーワードになりました。私はいたって単純なので、「たしかにそうやな！」と考えて、納得しました。まずは自分の周りの三人。それで十分だ。自分が潰れてしまったら困る人がいるのだから、頑張りすぎてはいけない。焦る自分をストップするのは、この「私が潰れない」という決意だったと思います。

そして今回、新型コロナウイルスの感染拡大という深刻な状況になったなかで、この「三人」がまたしてもキーワードとして私の脳内に出てきたわけです。大それたことはできないけれど、自分の周りの三人にバトン（という名のなにか。つまり、なんでもいい）を渡したらいいのではないかと。だから、私なりの方法で渡しました。その後、どうなったのかはわかりませんが、喜んでくれていたら私もうれしいなあとぼんやり思っています。ただそれだけの話です。

美しいエピソードを書こうと思って書いたわけじゃないんです。実際、私が12年前に抱えていた大きな悩みが、三人に話をすることで消えたのかと問われれば、消えてはいません。むしろ悩みは大きくなるばかりです。それじゃあ、なんの教えもないじゃないか！　と思われるかもしれませんが、最近の私は、人生に教えなんてない、あるのは経験のみじゃ！　と考えているのです（開きなおっているのです）。

人生って、年を重ねれば重ねるほど、うまくいかないことのほうが多いと思いませんか。若い頃は楽勝だと思っていた人生、ぜんぜん楽勝モードじゃないですよね？　こんなはずじゃなかったのに。

それではどうすればいいのか？

たぶん、いろいろな荷物を抱えたまま歩いていくしかないと、私自身は思っています。いままで私は大丈夫だったのだから、きっとこの先も大丈夫だという思い込みでいいんじゃないでしょうか。次々とやってくる問題を、ひょいっと避けて知らん顔して生きたって、たぶん誰にも迷惑はかけていないのではと最近は思っています。

もちろん、頭のなかにはいつも「自分が潰れない」というキーワードを置いておこうと思います。

村井理子

逞しすぎる背中

あんぱん　2020.5.17　神戸・元町

10 できれば機嫌よくいきたい

理子さん、牟田さん。こんにちは。

お元気でしょうか。わたしは奇妙なほど元気です。

毎年、季節の変わり目にきまって悩まされていた気管支喘息（ぜんそく）も気配をみせず、喉にも異変はなく、風邪もひかず、正直なところ「普段より健康やん！」と、新型コロナウイルスが蔓延するこの世界を生きています。

こまめな手洗いやうがい、マスクのせいでしょうか。

SNSでアンケートを採ってみたところ、3割強の人がわたしと同様との結果が得られました。同時に3割弱の人は例年通り喘息が出てお辛いとも。単純な問いの設定なので要因は確定できませんが、「コロナの影響で良い変化のある人がいる」ことを興味深く感じました。

ちょっと気がかりだったことがありました。それは我が家の飲酒習慣です。うちは二人ともかなりの酒飲みで、家人は休みの日ともなれば起き抜けにビールを飲むこともあります。

先だっての大型連休を控えたある日、いささか面倒な出来事があったんです。お酒にまつわることで。

これで長い休みに突入してしまったらどうなるんだろう。

先走った心配がほとんど妄想のように膨らんだわたしは、虫のようにちっぽけな心臓をどきどきばくばくさせました。連休が怖くて逃げだしたくなるほどに。

行きつけのご飯屋さんやバーのカウンターに座れば、ご店主や女将さん、マスターが話相手ともなってくれるし、熱々の美味しい料理や、気泡の入っていない上質な氷をかつかつ削ってカランコロンといい音を響かせるジントニックなんかで気分がすっかりよくなり、「質の良い酔い方」をすることができます。

でもうちは他に家族がいないので、二人が酔って煮詰まってくると、ふとしたことで、「質の悪い酔い方」に転んでしまうことがある。酔っ払うのが悪いのではなく、「質の悪い酔い方」が問題なんですよね。空間的にも精神的にも閉ざされた「家のなか」でそんな状況になることは、とてもしんどい。泣きたくなるほどに。

わたしの長年の飲み友達のひとりに、依存症に強い精神科医がいます。同い年の男性で、彼もまた「あんたもアルコール依存症じゃね？」と聞きたくなるような飲み助です。そういう飲み助かつ専門家だから、わたしのことも家人のこともよく理解してくれている。

その彼から、連休前のある日、ぽっとメッセージが届きました。そこには飲酒習慣を相談できる医療機関がいくつか書かれていました。あくまで友人としてのアドバイスとして。

あれこれは思い切って割愛します。結果のみをお伝えすると、「専門機関を頼ってほんとうに良かった」です。

でもね、たいそうなカウンセリングや治療薬の処方があったわけでもない。ただ、客観的な第三者を挟んで、飲酒習慣や量について振り返ったくらいです。

それだけで連休の間の飲酒量は激減。しかも「嫌々飲むのを我慢した」という雰囲気でもありません。

お天気のいい日は焼きそばをずるずるとかきこみながら缶ビールをぷしゅっと空けたり、日が暮れると玄関先のテラスのような場所に椅子や料理を並べて、ワインをぐびぐびと。

「普通に」お酒を口にしていました。

でも、それまでの休日は、朝から飲み始めて夕方酔いつぶれるようなことが家人の「普通」だったので、そんな光景は我が家では普通だけど普通じゃない。

もしかしたらね。コロナ禍に巻き込まれなければ、二人とも飲酒習慣を変えるために行動していなかったんじゃないかって思うんです。

そういうことってありませんか。別にコロナ禍でなくても。うんざりするような出来事や状況に突如襲われた。そのことでちょっとした変化がある。でもそれは悪いものだけではなく、むしろ良い結果に影響したっていうような。

理子さんが「私が潰れない」と書いておられましたよね。そして「三人」というのがキーワードとなったとも。

これ、同調して作った話じゃないんですが、家人の飲酒について、声をかけてくれたのが精神科医の友人とあとふたり。三人だったんです（内科医とミュージシャン。彼らもかなりの飲み助です）。

彼らの励ましや助言のおかげで、わたしは潰れずに、家人も機嫌良く過ごせています。

新型コロナウイルスの感染拡大防止のために、外出自粛要請（矛盾だらけの言葉）が出始めてほどなく、アルコール依存症を危惧する記事をよく目にするようになりました。たったいま、その問題で苦しんでいる家族がいるだろう。想像できすぎて胸が詰まります。

彼らにも「三人」がいたらいいのに。この交換日記が、バーチャルであってもその「一人」になれたらなあ。そんな都合のいい、勝手なことを思ったり。

今日もほどほどに美味しくお酒を飲んで、機嫌良く明日を迎えたいと思います。

最近は、自分の機嫌をよくすることに必死です。機嫌よく生きるってサバイバルの条件なんだなあと感じる今日この頃です。

お天気の良い日は、せっまい玄関先でトルコチャイを飲みます。イスタンブールのチャイハネ（気軽な茶屋）を思い出しながら。

ジャムパン　2020.5.20　東京・吉祥寺

11 みんなどうしてるんだろう

理子さん、ゆみこさん、こんにちは。

ゆみこさんのお酒の話、他人事じゃないと思いながら読みました。わが家も夫婦そろって飲むことは好きだし、緊急事態宣言以降、あきらかに酒量が増えてます(溜まってゆく空き瓶、空き缶の数たるや)。外に出られない反動もあるとは思うのですが。

大型連休が終わりましたね。

「終わりましたね」の前に「やっと」と赤字を入れたい気持ちです。

わが家は夫婦ともに校正を生業としていますが、フリーランスのわたしと会社員の夫とでは働き方が異なります。連休中もわたしは仕事、夫はカレンダー通りのお休みでした。いま、テレワークを余儀なくされている人は多いですよね。夫もいつそうなるかわかりません。だけど正直、軽く考えていました。自分はもともと365日テレワークみたいなものだし、夫が家で仕事をするようになったとしても、これまでひとりで使っていたダイニングテーブル（わが家には仕事部屋がありません）をふたりで使うようになるくらいで、さほど変わらないだろうと。

とんだ見込み違いでした。

これまでも夫が休みのあいだにわたしが仕事をしていることは珍しくなかったんです。ありがたいことに夫はとても協力的で、わたしがいっぱいいっぱいだと察すると、美術館や映画館に出かけてそっとしておいてくれる。連休中もソファで本を読んでいるか、イヤフォンをつけてネットを見ているかで、猫より存在感が薄いくらいでした。食べることを除けば。

食の優先順位がかなり低いわたしと違い、夫は三食決まった時間にきちんと食べたい、食べるものだと思っている人です。

朝ごはんを食べながら「お昼どうしよう」。

お昼ごはんを食べながら「夜どうしよう」。

晩ごはんの支度をしながら「明日の朝食べるものはある?」。

これがつらい。

訊かれるたびに「それどころじゃない」と思ってしまう。仕事中だって見てわからないのかな。集中させてよ。

夫からしたらせっかくのお休みなのにどこにも行けず、妻は血相変えて「仕事」の一点張り、ごはんのひとつも作ろうとしない。ひどいなあ。そう思ったら、「自分でなんとかして」って言えなかった。言えばよかったのかな。

連休の最後は、「ごはん」と聞くだけで窓を開けて大声で叫び出したくなってました。普段だったらランニングウェアに着替えて飛び出すのに、それもできない。

とつぜん学校が休校になって家から出られなくなった子どもたち、家で仕事せざるを得なくなった大人たちがひとつ屋根の下に閉じ込められている。そんな家庭が全国にあふれている。わが家は1週間で鍋底が焦げつくほど煮詰まったのに、みんなどうしてるんでしょう。

厚労省が公表した「新しい生活様式」では「働き方の新しいスタイル」としてテ

レワークが推奨されてますが、電気をパチンとON／OFFするみたいに切り替えができるものなんでしょうか。

もっともっと大変な状況に置かれている人が大勢いるのに、こんなしょうもないことで消耗している自分が情けなくて、ほとほと疲れてしまった連休でした。

ジャムパンこと牟田都子より

毎週通っていたごはん屋さん、緊急事態宣言が出てからは「おべんとう・おそうざいテイクアウト専門店」に。容器は持ち込みなのでお重やお弁当箱を総動員。

12 紙一重

クリームパン　2020.5.25　滋賀・大津

青山さん、牟田さん、こんにちは。
生活がギリギリ過ぎて、お返事を書くのに時間がかかってしまいました。息子たちの休校も2ヶ月を超え、本人たちも大変でしょうが、こんな宙ぶらりんな状態が2ヶ月も続いていることで、私の体力と精神力が限界近くまできています。現実逃避したくてたまらないので、毎晩、「ビールでも飲みたいなあ〜」と思っています。でも結局、飲まないのです。
2年前の心臓手術がきっかけとなり、私の生活は大きく変わりました。飲酒を断ったこともその変化のひとつではありますが、それよりもなによりも大きく変わったのは、自分の意識でした。飲酒に対する意識ではなく、自分自身に対する意識です。

私が育った家は、ジャズ喫茶とは名ばかりの飲み屋でした。経営していた両親は、当然ながら、大酒飲み。ジャズという趣味に人生をかけて全力で入れあげていた父は、朝から晩までレコードを聴きつつ、店に入り浸る若者と飲んではジャズ談義を繰り広げていました。見ている分には面白かったですけど、はっきり言って変わった人でした。妻である母の実家は、小さな港町でキャバレーを経営していました。父と母が出会ったのは、母方の祖父が経営していたそのキャバレーでした。母がアルバイトをしていたらしいのです。父は港町に建築の仕事で流れ着き、仕事終わりにそこに立ち寄ったそうです。そんなこんなで、母も当然のように大酒飲み。

そんな二人から生まれた私と兄が、ハイレベルな酒飲みに成長したのは当然の成り行きのように思えます。まさにサラブレッドです。

2年前に体調を崩す直前まで、私は毎日のようにお酒を飲んでいたと思います。そもそもアルコールには強いので、量もさることながら、夕方5時頃から飲みはじめて数時間はダラダラと飲みつつ、趣味に没頭し、本当に好き勝手に暮らしていたと思います。楽しかったなあ、あの頃は。自分の体調の異変に気づいてからも、それを誤魔化すかのように飲み続け、実際、心不全で入院する2日ぐらい前まで飲んでいたような記憶があります。そしてとうとう入院し、何もできなくなったベッドのうえで、「人間って簡単に死ぬな〜」と気づきました。遅いわ。

1ヶ月ほど入院を続けるなかで、私が本当に驚いたのは、体というのは健気だということです。20年以上も飲み続け、痛めつけていたというのに、手術でリセットされた体は、再びまっすぐ進みはじめました。なんだかとても健気ですよね。自分がすごくかわいいなって思いました。そして、心の底から申し訳ない気持ちでいっぱいになりました。自分にも、そして家族にも。

体調の大きな変化は、もちろん治療の賜物でしょう。病院関係者の皆様には感謝しかありません。しかし、お酒を（過剰に）飲まなくなったことも、再生するきっかけになったのは疑いようもありません。不思議なことに、生きるか死ぬか、ギリギリの場所まで追いつめられながらも、むしろそれまでになかったほど、精神状態も良好でした。これはいわゆる、大病という現実への闘争・逃走反応だったのかもしれない。でも、緊急事態に起きた大きな心境の変化は、私には完全に吉と出ました。

禁酒を言いわたされることはありませんでしたが、退院後もとりあえず節酒は継続し、検診のたびに血液検査結果を主治医に褒められることに新たな喜びを見いだした私は、結局、そのままずっと、飲まない生活を継続中です。たぶん、手術前の自分がセルフネグレクト状態だったことに気づいたのでしょう。こんなに健気な自分を乱暴に扱っていたなんて、私ったら本当にダメだったなって、考えたのだと思います。はっきりとそう意識していたわけではなかったのですけど。自分を大切にしながら飲めるようになったら、またおいしいお酒を楽しもうと思っています。

去年の10月に狭心症だった兄が亡くなりました。息子と二人で暮らしていた彼の部屋に踏み込んだとき、真っ先に目に入ったのがキッチンに転がる焼酎の4リットルペットボトルでした。過剰な飲酒がDNAに刷り込まれたような私たち兄妹は、二人とも行き着くところまで行き、兄は戻ることができず、駆け抜けていきました。

自分自身に対する意識が変わったと書きました。変えることができたのは、たぶん、偶然です。兄と私の間には、差なんてこれっぽっちもありません。私の意志が強く、兄の意志が弱かったわけでもありません。私が兄の側に行っていた場合も、これから先、行ってしまう可能性も、十分あるでしょう。

兄の死から私が学んだのは、人間なんて無力だなという、ある意味とても単純で、わかりきったことでした。そして人間とはなんて弱い生きものなのだろうと考えています。だって、アルコールへの依存から抜け出したというのに、今度は健康でいるという目標にこだわり、それに依存している自分が手に取るようにわかるからです。

Zoom に参加するハリー

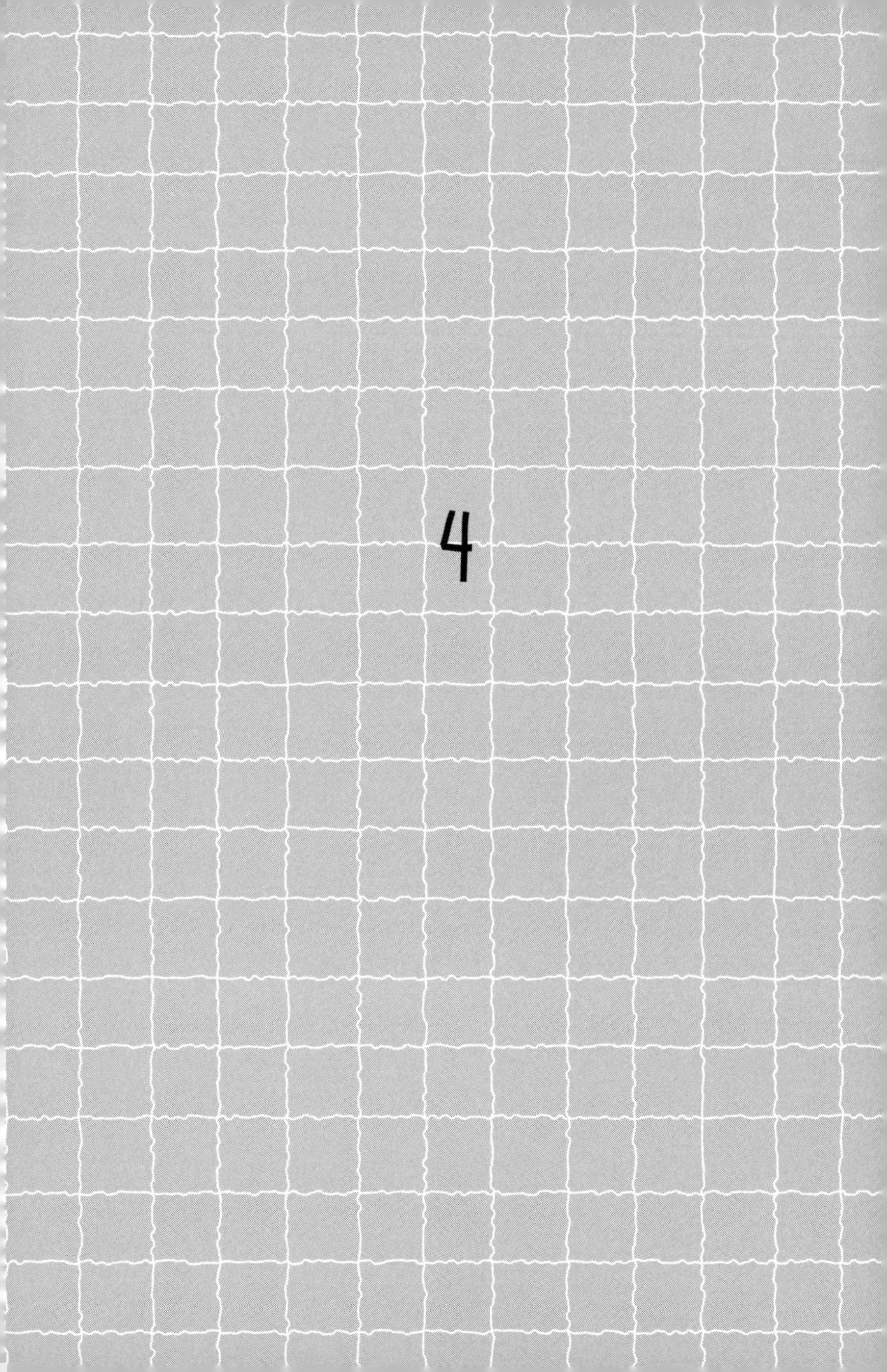

4

13 わたしの初めての猫

あんぱん　2020.5.28　神戸・元町

牟田さん、理子さん、こんにちは。

お二人ともお元気そうだけど、大変そうでもあり、いや、ほんとにいろいろありますよね……。

人生ってどうしてこんなにいろいろあるのだろうと、わたしもこのところずしりとその重さを感じながら過ごしています。

今回は交換日記を始めて5回目の更新です。ふと1回目の日記を読み返したら、自分が書いた文章なのに、ものすごく遠い世界に感じました。あの頃とはいろんなことが変わりました。

わたしにとってのいちばんの変化は、一緒に暮らす猫のシャーのことです。

シャーは一度死にかけたんです。コロナ禍以前に遡りますが、悪性リンパ腫で腸に腫瘍（しゅよう）ができていることを知ったのが昨年12月頭のことでした。

全面的に信頼をおける獣医師のO先生に出会えたことが幸運でした。常に複数の選択肢を提案しながら、的確に治療計画を立てて、シャーとわたしを支えてくれる。おかげで腫瘍はほぼ沈静化し、血液検査の結果も低め安定ながら問題ない数値を保つことができています。

このままでは年を越すのは難しいと告げられた状況をあっさりと覆し、シャーはわたしたち夫婦とお正月を迎え、さらには2月、3月と、穏やかな時が過ぎていきました。

あるとき、O先生に思い切って余命について尋ねたんです。

悪性リンパ腫は完治することがないけれど、抗がん剤が効き続けて安定していれば2年、3年といけるかもしれない。ただ、不治の病とともに生きることになるので、14歳という年齢からも、いつ何が起きるかは正直わからない。

人間って、ほんと都合がいい生き物だなと思います。

O先生の言葉の前半部分だけを引き寄せて、ああ良かった。あと何年もそばにいてくれるんだ。そのことだけを喜びました。

4月も順調で、5月の連休中もさほど大きな変化はありません。

ただ、以前に書いたように、やたらと鳴くようになった。誰もいない廊下で大きな声で鳴く。うつろな目で家をあちこち歩き回る。

そして、食の細い猫ではあったのですが、ほとんど何も口にしなくなったのが、連休が明けて10日を過ぎた頃のことでした。水ばかり飲み、ひどくお腹を壊す。頻繁にトイレに籠もる。触るまでもなく、あばら骨が浮き上がっていく。

なんとか2・8キロを保っていた体重は2・5キロまで落ち、口にするのもおやつタイプのカリカリを一日5粒ほど。数日で2・3キロになった体で廊下をよたよた歩き、転倒して仰向けになったのを目にした時、ああ、もうダメなのかもしれないと恐怖で涙が止まりませんでした。

恐怖って思考を停止させるんですよね。防御反応でしょうか。たぶん半日くらい頭も体も動かなくなってしまった。今にも死にそうな猫を前にして。

夕方、外出から戻った夫がシャーの様子を目にして、もうあかんな、とほとんど泣きそうな顔で呟いたとき、停止していた思考が急にぐるぐる動き始めました。エンジントラブルを起こしそうにすさまじい回転で。

ノートパソコンを開けて、思いつく限りの検索ワードを打ち込みまくり、似たような猫の症状の情報を拾い集めて、高齢猫の介護環境を整えました。

ものすごく迷ったのですが、注射器のようなカタチをしたシリンジで、いわば強制的に食事を与えることも始めました。ぺろぺろと舐めてくれた瞬間の嬉しさはとてつもなく大きかったけれど、同時に自分がしている行為に心が削(けず)れるのを感じました。人間でいうなら点滴で本人の望んでいない延命治療をしているようなものなんじゃないか。その葛藤はいまも続いています。

現在、シャーの体重は2キロ。病院での精密検査で、新たに脾臓に大きな腫瘍が見つかりましたが、それが原因で容態が変化したのかはわかりません。原因の究明と、少しでも効果が期待される可能性のある治療を試しているところです。

わたしの一日はシャーを中心に回っています。夜は布団に一緒に入り、起きれば3時間おきにごはんを食べさせて、薬を飲ませ、家のなかを動き回る後ろをついてまわり、ふらつけば身体を支えて、不安そうにすれば顔や背中をなでてあげる。できることなんてその程度しかありません。猫は猫なりに精一杯生きていて、食べて、寝て、出している。かしこいなあと日々感動しています。

理子さんが、生と死について書かれていた前回の手紙。泣いてしまいました。そして最後の一文にあった「依存」という言葉にどきっとしました。

わたしね、いま、シャーを介護することに依存しているのかもしれません。自分が猫のために「何かやってる」ことに救いを求めている。そうやって動いている間は、愛猫が死から遠ざかるように思える。わたし自身も正気を保つことができる。

それには、ここ3年ほどで立て続けに旅立った両親の存在が関係しているようにも思います。彼らにできなかった「介護」を、猫がさせてくれているような不思議を感じるんです。それもまた自分に都合のいい解釈で、どこまでもわたしは都合のいいバカだなと呆れます。

できないことが日々増えていくけれど、この日記を書いている間もわたしの膝の上にちんまり座っているシャーの体が温かくて、喉をぐるぐる鳴らす振動が小さく伝わってくる。それはこの上ない幸福感でわたしを満たしてくれます。

和室にあったタワーには上れなくなったけど、すぐそばに置いた新しいベッドで気持ち良さそうに寝ているシャー。順応性が高い。かしこい。褒めてしまうことしかしません。

14 最後かもしれない

ジャムパン　2020.5.31　東京・吉祥寺

ゆみこさん、理子さん、こんにちは。

東京も緊急事態宣言が解除されました。宣言が出たのはちょうどこの交換日記が始まった頃ですから、2ヶ月ぶりですね。

2ヶ月間、ずっと仕事をしていました。理子さんの言うように、人は何にでも依存するのでしょう。わたしは仕事に依存していました。仕事をしていれば「それどころじゃない」と言えるから。考えなくてすむから。

考えたくなかったのはこれからのことです。

もう長いこと街を歩いていません。最後に歩いたのはいつだったろう。大きな本屋さんに行ったのは。カフェでお茶をしたのは。美容院で髪を切ったのは。ウィンドウショッピングをして歩いたのは。映画館に行ったのは。美術館は、ギャラリーは、ライブハウスは……。「あれが最後だった」と思い出すことは失ったものを数えるようで、それがこわくてわたしは街へ出られないのかもしれない。

何を失ったか数えるのはきっとこれからなのでしょう。緊急事態宣言が解除されても、元の生活には戻れない。そんなことないよ、時間はかかってもかならず元に戻るよという人もいるかもしれないけど、わたしにはそうは思えない。世界ははっきりコロナの「前」と「後」に分かれてしまったように見える。

カフェにふらっとコーヒーを飲みにいくこと。本屋さんで時計を気にすることなく好きなだけ棚を見てまわること。友達とおいしいものを食べながら大きな声で笑うこと。あれが最後だったのかなと思い出しながら、いまだに信じられずにいます。そんな当たり前のことが、当たり前じゃなくなるなんて。

うちは小さなマンションの4階なんですけど、ちょっとへんてこな造りになっていて、玄関だけが3階にあります。ダイニングを出て廊下の突き当たりの階段を1階分下りると玄関。毎朝出勤する夫を見送るときはそこまで下りていく。たかだか1階分なのに、仕事がたてこんでいるときや、ケンカ（おおむねしょうもない理由で）のあとなんかは、面倒だと思うこともしょっちゅうです。

でも、そのたびに「これが最後かも」と思う。

いつどこで読んだのかももう思い出せないんですが、小さなお子さんを亡くした人の文章を読んだことがあります。

朝、登校する子どもとささいなことで言い合いになって、投げつけるような言葉を放ってしまった。それが最後の会話になってしまったことをいまだに悔やみつづけている、というのです。

毎朝思うんです。これが最後かもしれないと。

そう思うと面倒だろうがなんだろうが、玄関まで出ていかないわけにはいかない。

ほんとうはいつだって、いまこの瞬間が最後になるかもしれないと頭では理解している。でも、どこかでそれはいまじゃないとも思っている。また明日ね、と手を振る小学生みたいに別れてから、あれが最後だったんだとあとになって気がつく。別れはいつも事後的にやってくる。気がついたらわたしたちが、当たり前に続くと信じて疑わなかった日常から、突然切り離されてしまったみたいに。

ジャムパンこと牟田都子より

吉祥寺でいちばん好きだったカフェのパウンドケーキ。季節で果物が替わるのが楽しみでした。縁あって半年ぶりに味わうことができたけど、お店で食べるのにはかなわない。同じ味のはずなのに。カフェは昨年秋にクローズしました。

クリームパン　2020.6.3　滋賀・大津

15 当たり前を取り戻す

牟田さん、青山さん、こんにちは。

わが家の双子の息子たちの登校が、なんと89日ぶりに再開いたしました。新型コロナウイルス感染拡大を防止するための休校がはじまったのは、3月の下旬でした。それから、夏休み2回分という、子どもたちにとっては多分、とてつもなく長い期間、休校が継続されていました。

私にとっても、息子たちが毎日家にいることがすっかり日常の風景となり、最後の数週間は、彼らが学校に戻ることを想像するのが難しくなってきたほどでした。毎日顔をつきあわせ、共に食事し、散歩に出かけ、夜は一緒に映画を観る生活。こんなことが、きっちり3ヶ月にわたってわが家で繰り返されていました。もうこのまま、こんな生活でいいのかもしれない……と、根っからの怠け者の私の心がぶつぶつ言いはじめたあたりで、休校が終わるというお知らせが届いたというわけです。再び、忙しい日々がスタートしています。

私の住む町も、徐々に以前の姿を取り戻しつつあります。まるで何ごともなかったかのように、すべてが、以前のリズムで、緩やかに前進しはじめました。それぞれが様々な思いを抱えながらも、進まねばならない状況になっているようにも見えます。私はといえば、この3ヶ月間、どうしたって邪魔が入り（息子たちの連日の「腹へった！」）、なかなか進まなかった仕事を本格的にスタートさせています。息子たちがいるわが家と、いないわが家に大きな差はないのですが、彼らが学校に行っているという当たり前の状況があるだけで、私自身の心が安定しています。若干の寂しさはあるとしても。

正直なところ、喉元過ぎれば熱さを忘れる、そのものだなと思います。それでも、少しの間は忘れたい、忘れさせて欲しいという気持ちもあるのです。こんなこと、もううんざりだと腹を立て、思い切り羽を広げてやるぞと意気込む自分の気持ちにも気づいています。美しい夜の灯りが懐かしい。あの、黄金色の輝きをもう一度見たい！　なんてことばかり考えてしまう日々です。

　コロナ禍以降、様々なものごとを目撃しました。もちろんよいことばかりではなく、信じられないこと、腹がたつこと、悲しいこと、本当にいろいろとありました。学校がはじまり、夫も出社して一人きり（と、犬一匹）になった部屋で、そんなことを考えていたとき、学校から配布されたプリントを読む機会があったのです。そこには、「当たり前を取り戻そう」と書かれていました。学校も、教師も頑張るから、みんなで協力しあっていこうと生徒たちに呼びかけるものでした。そのときにふと、「当たり前」という漠然とした、形のない、あやふやな概念であっても、それを取り戻さなければ、前に進むことが難しい人たちがたくさんいるのではと気づいたのです。例えば子どもたちであり、お年寄りであり、生活に困難を抱えている人たちなのではないでしょうか。

　コロナを経験したいま、世界はものすごいスピードで変わっているように私には思えます。そしてこれから先も、このウイルスの感染が広がるたびに、私たちは歩みを止めることを余儀なくされ、頭を低くしてじっとしていることしかできなくなるのでしょう。そのたびに私たちは悩み、怖れ、悲しみ、怒り、そして再び、緩やかに前に進む力を蓄えるのではないでしょうか。誰かにとって大切な、当たり前を取り戻すために。次の困難に備えるために。

人間の強さはもしかしたら、あやふやで壊れやすいものを信じ込むことができる部分に宿っているのかもしれません。

お二人のますますのご活躍を祈っています。そして、再び笑顔で会える日が来ますように。

クリームパンの村井より、親愛なるパンシスターズへ

静岡から届いた冷凍イチゴ。激ウマ。

5

なくて困った！

災い転じて!?

青山ゆみこ

実は、コロナの影響で「なくて困ったもの」はなかった。夫婦二人だからか、食料も日用品もなんとかまかなえた。

ただ、休業や持ち帰り専門と形態を変える飲食店が増えたことは、想像以上にわたしと夫に打撃を与えた。我が家はそもそも外食ゲル係数が異常に高かった。美食を求めるような類いではない。わたしたちが求めたのは、できたての料理を愉快な話や感じのいい笑顔とともに出してくれるお店の大将やおかみさん、そこに集まるお客さんが作るアトモスフィア。

コロナ禍でわかったことは、それらがすべてひっくるめて生む「美味しい時間」が、煮詰まり気味な中年夫婦の生活の平穏をほどよく支えてくれていたことだった。

　皿の上の料理は変わっても、根本的に変わることのない自宅の食卓風景に、なんだかボディブロウを受け続けるようにじわじわと心が圧迫された。

　ある日、ふとした思いつきから、屋外で食事した。とはいえ広い庭もベランダもない。あるのは、少し変わったマンションの構造により生まれた踊り場のような玄関先のスペースだ。共有部分ではあるが、雨よけに囲まれた我が家専用のような空間になっていたのがラッキーだった。

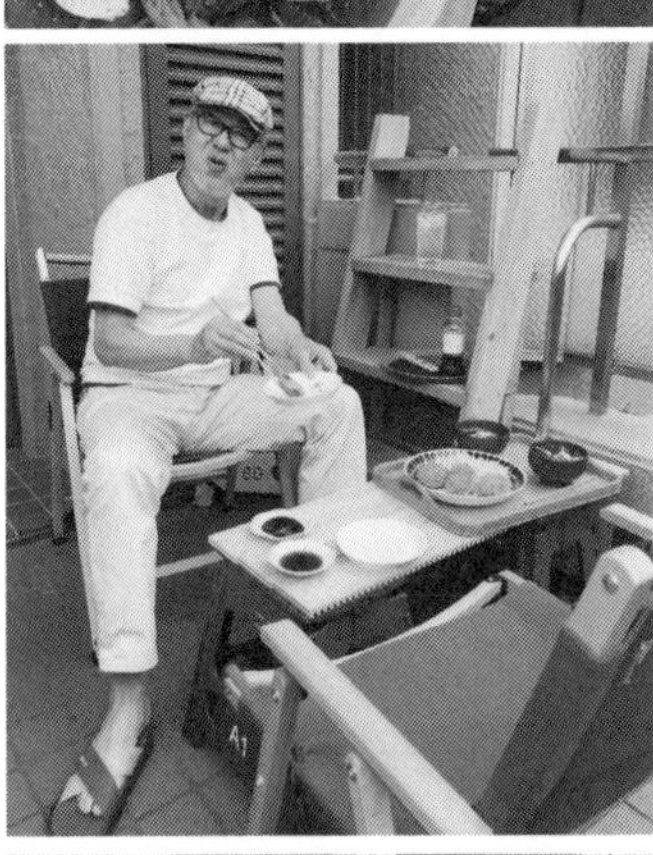

たまにガスコンロでたこ焼きなんかもする（撮影係がわたしなので、夫の写真しかない…）。

キャンプ用品コーナーで見つけた折り畳みのウッドチェアや、電池式のかわいいカンテラなどを探してはポチり、「玄関先の食卓」は日々、充実していった。お店の誰かには会えないけれど、テイクアウトした料理を「外で飲み食い」することで、どうしようもなく息の詰まる日々に小さな穴が空き、心と体に沈殿するよどんだ空気を少し入れ替えられた気がする。アウトドア派ではまったくないわたしたちだが、この時期に思い切って「外グッズ」を買ったのはアリだった。

　また、電車、バスといった公共交通機関の利用を控えたため、自家用車を所有しないわたしは電動アシスト付き自転車が文字どおりアシとなって大活躍した。神戸の山手に自宅があるためどこに行くのも坂道で、買い物袋を背負って上り下りするのが日課となると、まあまあきつい。食事のテイクアウトにも漕ぐ。漕ぎまくる。普段から活躍していたが、自粛後は結構な遠方まで走らせて常にフルスロットル。

　そしてある日、頓死した。坂道の車道脇を猛スピードで下っているとき、ふと胸騒ぎがしてブレーキをかけた。その瞬間、タイヤのチューブが外れた。あやうく車にひかれそうになった。タイヤのパンク以前にホイールが割れていた。気づけばもう10年近く乗っていた。バッテリーも疲れ切っていた。寂しいけれど廃車にすることを選んだら、目の前に、わたし好みなスモーキーブルーの希望サイズの自転車が陳列されていることに気づいた。30秒と迷わずに購入し、その自転車に乗って帰宅した。高くついたが、これからわたしのいい相棒になってくれるだろう。コロナ禍が過ぎ去ったあとも。

玄関先晩ごはん用に購入した電池式のランタン。屋外気分が一気に盛り上がる。

チキン南蛮が名物のご飯屋さん。テイクアウトの際にも、新しい自転車がフル回転。

なくて困った事務用品

村井理子

老害と呼ばれようとも、原稿は紙に印刷してチェックしたい派である私の、自粛生活中になくて大変困ったものは、プリンタ用のトナーだった。自粛生活も後半に入ったある日、データで戻ってきた原稿を読んだものの、イマイチ調子が出ない。やっぱり印刷しようと思い立ち、プリンタに紙をセットして50ページほど印刷が終わったところで、トナーが切れた。ストックもゼロだった。そうか、買い置きしてなかったかと思い、いつものウェブショップで購入しようとページを開くと、なんと売り切れである。え？　トナーが売り切れ？　と思いつつ、他店舗で探したのだが、ネット上ではほぼ売り切れ状態なのだ。そこでふと気づいた。なるほど、世の中はリモートワークがはじまっている。家のプリンタで印刷する資料が増え、トナーが売り切れていたというわけだ。結局編集者さんに頼みこんで、印刷して送っていただいた。

次に困ったのは、ウェブカメラと無線LAN中継器だ。取材がすべてZoomに切り替わり、うるさい犬や息子たちがいない部屋に移動して落ちついた環境を構築しようと試みたものの、その部屋にあるデスクトップパソコンにはウェブカメラがついていなかった。急いで注文しようとウェブショップを徘徊したが、見事に売り切ればかり。ああ、リモートワークね……とあきらめ、それじゃあ仕方がないとiPadを使うことにしたのだが、今度は部屋のWi-Fiの調子が悪い。中継器でも買うかあ〜と再びウェブショップを徘徊すると、やっぱりというかなんというか、売り切れだったのだ。

私はここ15年ほど孤独にリモートワークを続けているけれど、こんなことははじめてだ。思いも寄らぬものが売り切れるなと、正直、とても興味深かった。

図書館が閉まった

牟田都子

校正の仕事では、引用をあたったり調べものをするのに、ときには何十冊という資料が必要になる。10年来住んでいる吉祥寺を気に入っているのは、駅前の図書館のほか、電車に数駅乗れば隣の市や区の図書館も利用できるし、オンラインから在庫検索のできる大型書店はじめ、新刊書店・古書店が充実しているからだ。

最初は図書館がサービスを縮小した。館内への立ち入りは禁止、予約資料の受け取りのみが可能だという。館内利用の辞書や事典、新聞の縮刷版が見たくても叶わない。やがていちばん近い図書館が休館となり、何日か遅れて近隣図書館も続いた。衝撃を受けたのは緊急事態宣言の数日後、国立国会図書館までもが休館を発表したことだった。国内で刊行されたすべての資料が保存されていて、ほかで手に入

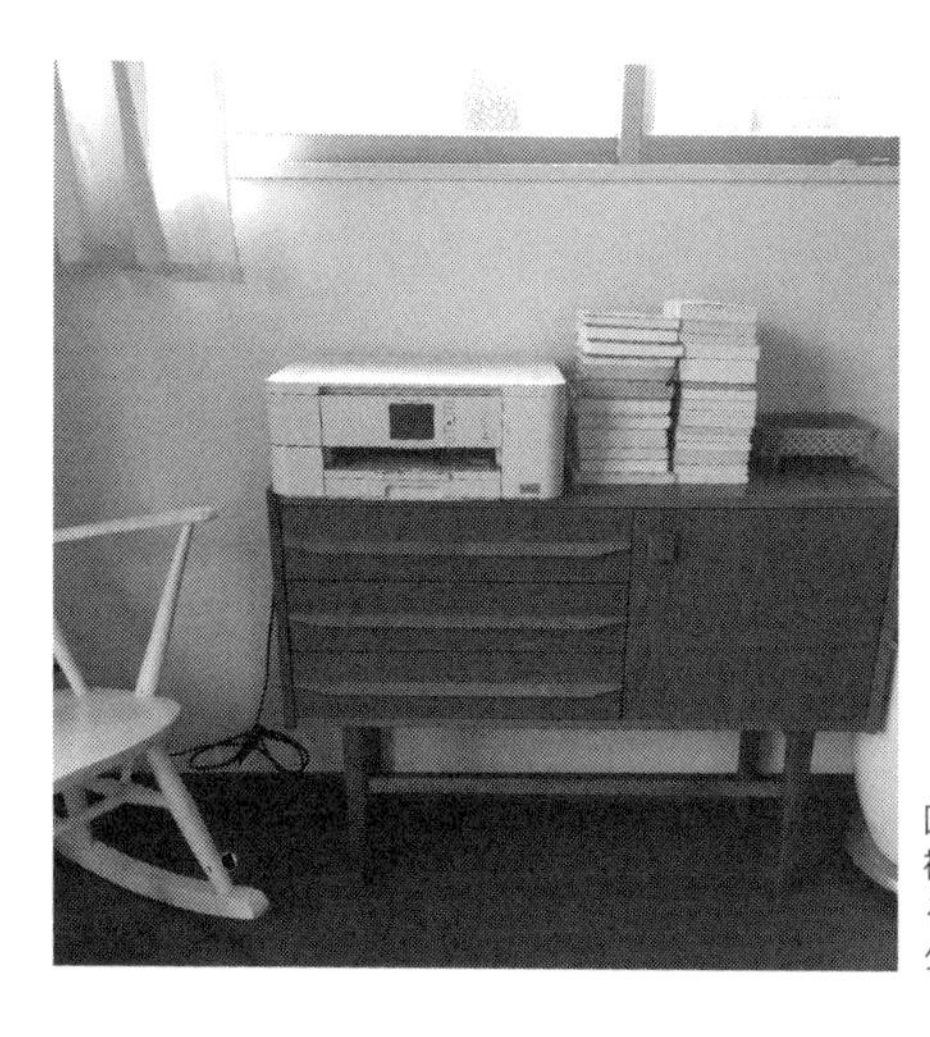

図書館から借りた資料の山。複数の本の校正を同時進行することもあるので、これでも少ないほう。

らない資料も永田町まで行けばかならず閲覧でき、コピーが取れるという安心感が、音を立てて崩れ去った。

お構いなしに仕事は来る。編集者に事情を話し、後で精算するので必要な資料は買ってくださいと言われても、書店が開いていない。歩いて10分の書店に欲しい本の在庫がある（どの棚に並んでいるかもわかっている）のに、買いに行けないもどかしさ。頼みの綱だったオンライン書店は生活必需品の入荷を優先するために在庫補充がされなくなるとかで、ことごとく「入荷待ち」表示。このときばかりは電子書籍の利便性を認めないわけにはいかなかった。最後は著者に頼み込んで資料を借りるか、コピーを送ってもらった。郵便や宅配便が動くかも怪しくなってきて、編集者がママチャリをこいで届けてくれたこともあった。せめて家に上がっていただいてお茶の一杯もさしあげたいところ、それもできない。コロナ憎し。

この数ヶ月に刊行された本、今後刊行される本の校正はどうなっているのだろう。他人事ながら心配でならない。

6 緊急事態宣言が解除されて

ジャムパン　2020.6.8　東京・吉祥寺

16 モヤモヤとともに

ゆみこさん、理子さん、こんにちは。

緊急事態宣言の発令と同時にほとんどの書店が休業した吉祥寺で、最初に再開したのは駅ビルの中の大型書店でした。一部店舗に限っての営業ということで、エスカレーターの左右はネットで覆われたままの非日常的な空間を昇っていくと、本当に開いている！　雑誌コーナー、表紙を見せて並べられた新刊、選書フェア……と縄張りをマーキングしてまわる犬みたいに巡回して、雑誌と本を1冊ずつ買いました。レジに急ごしらえのビニールの仕切りが設置され、お釣りトレイに「金銭の授受はトレイ上で行わせていただきます」と小さく貼ってある以外はいつもと同じ。ほんの数ヶ月前までは毎日目にしていた光景のはずなのに、刑期を終えてシャバに出たらこんな気持ちがするものかしら、というくらい高揚しました。

自粛期間中も営業を続けていた書店が近所にあったから、書店に行くこと自体が久しぶりだったわけじゃない。それなのに、自分でもおどろくほどの喜びを感じていました。本はどこで買っても同じもの、同じ価格なんだから、欲しい本を買うだけなら書店がひとつあれば用が足りるのかもしれない。でも、そうじゃない。見る場所、状況によって、どんな本が目に飛び込んでくるかはまったく違う。その意味では同じ書店なんてひとつとしてなくて、どんな書店をも心から欲している、とあらためて思いました。

オンラインショップから買い物をしていた遠方の書店にも、できることならいますぐ飛んでいきたいけど、行く側にとっても迎える側にとっても安心といえるにはほど遠いのではないかと躊躇（ちゅうちょ）しています。自覚症状のないままに誰かを感染させてしまったらという恐れを捨てることができないのが、このウイルスの本当ににくらしいところです。

書店によってはいまだに休業しているところもあります。短縮営業のところもあれば、サービスを縮小しているところもある。それぞれに事情もあれば考え方も違い、どれが正しいとか間違っているとか言えるものではないでしょう。

今回ほどそうした違いが浮き彫りになった経験もなかった。夫婦のあいだでさえすれ違いはありました。同じ職種でももともと在宅勤務のわたしと自粛期間中も通勤を続けていた夫とでは、感じるストレスは違っていたはずです。いつからマスクを欠かさなくなったか、手洗い、消毒をどこまでするか、外出の頻度をどこまで抑えるか、数え上げたらきりがない。

いちばんしょげたのは「外食ができなくなって、ごはんを作るのがしんどいときの逃げ場がない」とこぼしたら、「コンビニ飯でも構わないのに」と言われたときです。こんなときだからこそ食べるものにはいつも以上に気をつけたくて、どんなにへとへとでもごはんだけは作らなくちゃとがんばっていたのに、何の意味もなかったみたいで、ちょっと泣いた。ちゃんとしたごはんを食べてほしいというのもわたしのエゴでしかないけど。

いままでは見えていなかった、見ないことにしてやり過ごしてきた価値観の違いと、今後はいやでも向き合わざるをえないのでしょう。街を歩くと「このお店、密なんじゃない」とか「マスクをしないで歩いてるなんて」とか、目に入るものをいちいちジャッジしている自分にうんざりします。そんな正義感、燃えるゴミの日に出しちまえ、と言いたい。

こんなモヤモヤも人に話せば荷を下ろした気持ちになれたのに、人と話すことがむずかしくなってしまったいま、おふたりと言葉を交わせたことで、どんなに助けられたかしれません。

かならずまたお会いしましょう。どうかお元気で。

ジャムパンこと牟田都子より

トマトと鯖のパスタ（夫作）。自粛期間のあいだにレパートリーが増えました。下ごしらえの済んだ材料を小さなボウルに分けて並べてから調理を始める几帳面さを見ていると、わたしよりよっぽど料理に向いていると思うんだけど。

あんぱん　2020.6.8　神戸・元町

17 小さきものの呟き

牟田さん、理子さん、こんにちは。

一気に真夏のような強い日射しの神戸です。

兵庫県は6月1日に緊急事態宣言が解除され、街はどこか緊張感が緩んで、ややもすればとげとげしい、なんだか殺伐とした気配も、初夏の風がどこかに運び去ったような気がします。神戸の街なかには驚くほど人が戻ってきました。良いとか悪いとか、簡単に言えることではありません。街がある限り、人はそこに集まる。自然の摂理にも思えます。

ただ、新型コロナウイルスがどこかに消えたわけではないという不安を、いったん引き出しの奥にしまいこんだようないびつさを抱えながら。

実際のところ、解除後も東京では、新たに感染者が発表されています。そりゃそうでしょう。人間に都合よくウイルスは絶滅してはくれない。わたしもそうだけど、誰もがこのままおさまるとは思っていませんよね。

この先、どれだけ続くのかわからないけれど、見えないウイルスをどう恐れていいのかわからない不安定な日々を過ごすことになるのでしょう。

うんざりです。でもね、最近そのうんざりを抱えてなんとか生き延びようと思うようになりました。

完璧に平穏な世界にはもう戻れない。

あきらめなんでしょうか。あきらめでしょうね。

明るくきらきらした希望ではなく、モヤモヤと鬱屈（うっくつ）したあきらめが、わたしの背中をいま押している。このあきらめってなんだか粘り強いんですよね。しぶといっていうか。もううんざりしてるんだから止めてくれよと思うんだけど、わたしを重い足取りで前に進ませるんです。

人を動かすのは希望だけじゃないんだなあ。納得できないのに、背中を押され続けています。

お二人にご報告があります。

愛猫のシャーが永い眠りにつきました。最後の10日は、食べ物はおろか水も飲まず、ただただ生を全うするための時が過ぎていきました。

正直なところ、わたしはその少し前のシリンジで強制的に食事を与えていた頃から、コロナとかまったくどうでもよくなってしまって、ニュースもほとんど見ていません。シャーと少しでも一緒にいたい。それ以外にしたいことなんて何ひとつなくなってしまいました。

そしてその願いは叶いました。すべての仕事を延期させてもらい、買い物は夫に頼み、わたしはほぼ一歩も家を出ていません。シャーが寝苦しそうにしていると、床ずれしないように体位を変えて骨ばかりの体が痛くないように布をあててやる。顔や耳のまわりを優しく掻くと、小さく響くごろごろと鳴らしてくれる喉の音に胸がいっぱいになる。

諦めきれずにときどき水をスポンジに含ませて、水滴を口に落とすんです。少しでも渇きによる苦しさがましになったらって。本当はもう飲みたくなかったんじゃないかと思うんだけど、シャーはごくりと飲み込んでくれることがありました。猫って優しいな。胸が詰まりました。

眠ってしまうと、次に目を開けたときには大切なものが消えてしまいそうで、寝るのが怖くなりました。夜があんなに怖かったのは、40数年生きていて初めてでした。シャーの心臓に手を当てながら添い寝をしながら、朝がくるとまだ温かい猫のぬくもりに涙する。そんな日々。

わたしのSNSでの呟きはほぼ猫のことだけになりました。すると、たくさんの人から励ましが届いたんです。ご自身も同様に愛猫との別れを経験した方からのメッセージでした。

多くを語らず、言葉にできない思いを共有してくださった。そのことでわたしはどれだけ強く励まされたことでしょう。

身近に、コロナの渦中に大切な家族を失った方がいます。ウイルスは関係していないけれど、医療機関の安全管理強化のため、お見舞いひとつ大変な困難を強いられたそうです。肉親が死にかけているのに、付き添うこともままならない。どれだけの苦しさなのか……。ご家族が命を全うされたあと、その方がどこか言いにくそうに報告されたんですね。そのことがなんだか悲しくて悔しくて。

だからね、よけいに意地になってわたしはＳＮＳで愛猫への思いを書き続けました。社会を揺るがす大きなニュースだけがわたしに重要なのではない。社会全体から見ればちっぽけなことかもしれないけれど、その小さな個人の想いが社会そのものなのだ。こんなことも呟けない社会は、ウイルスなんていなくても生きづらいよ。

そんなふうに開きなおれたのは、お二人とこうして世界の片隅であーでもこーでもあると言葉を交わし続けたからだと感じています。

最愛のシャーの命の灯は消えてしまったけれど、この手紙のやり取りを読み返すたびにわたしはシャーをそこに見ることができます。小さきものの生と死が、確かにあった時間を感じさせるような気がするのです。

あんぱんこと青山ゆみこより

いつの間にか少しずつ育っていた玄関先の鉢植え。パクチー、ミント、大葉、えごま、ベビーリーフミックス、イタリアンパセリ、ディル、オリーブ。食べるためにしか育てていません。自給自足を目指します。

18 コロナ、その後

クリームパン　2020.6.16　滋賀・大津

青山さん、牟田さん、こんにちは。長かった自粛生活も、一応の終わりが告げられたようです。わが家では、夫のリモートワークが終了し（それでも週に一日程度はリモート勤務が継続されるようですが）、二人の息子たちはそれぞれ学校に通いはじめました。私は、いつものリズムを取り戻して、朝、男子チーム全員を送り出し、掃除、洗濯を一気に済ませ、犬を歩かせ、そして原稿を書くという日々です。このリズムが戻るまで、ほとんど仕事は手に付かず、すべての作業が遅れ、そのプレッシャーでどんどん精神的に落ち込んでいく……という状況でした。やっと終わってくれたと晴れ晴れとした気分です。

このまま両手を広げて、飛行機の真似をして、ブーンとかいいながら、愛犬ハリーと浜辺を走りたいような気分です。梅雨の合間の晴れの日は新緑がみずみずしく、何から何まで美しく見えます。ああ、これが人生なんだな～と、楽天家の私はつい数ヶ月前の恐怖を忘れてニヤニヤしたりします。私の人生が戻ってきたー！と、叫びたい気分です。でも、本当にそれでよかったのかと、ふと思います。

メディアによる報道やSNSを見れば、気を緩めてはいけない！　マスク着用！手洗い励行！　ソーシャルディスタンス！　という文字が躍っています。確かに、これから先、きっと来るであろう第二波、第三波の流行に向けて、絶対に気を緩めてはいけないのでしょう。そうそう、そうだった、私ったらすぐに忘れてしまうのだ。あいつは恐い感染症で、命に関わることなのだ。忘れてはいけない……と、しゅーんとしますね。しゅーん……。

でも、ちょっと疲れてきませんか。絶対って言われると、走って逃げたくなるのは私だけでしょうか。あまのじゃくなので、「絶対に」と誰かから言われると、なぜ？　という気持ちになります。いや、わかっています。理由はわかっているのですが、「私もそう思います！　知ってます！」という表明をするため、全身から「私は備えている！」というオーラを出さなくてもいいでしょ？　なんて考えるわけです。

私はもう結構な大人なので、大人のみなさんはそれぞれが、それぞれの対策を取っていると考えています。次の巣ごもりのための知恵は、猛スピードで蓄積されていっていいます。災害の多い国に住む私たちが、次の災害に向けて備蓄を絶やさないように、次の流行に向けての準備を忘れず、普通に暮らせばいい。私はそう思います。そしてその準備ができない環境にいるひとに、今回の流行で大きな痛手を負ってしまったひとに、手を差し伸べることを忘れずにいたいと思います。

ああよかったと、長い緊張状態から解放されて一息ついて、楽しいことをしたっていい。その代わり、備えは十分にする。備えることが困難な人もいるのだと忘れない。これが、私が自粛生活で学んだ最も大切なことでした。

未知のウイルスの感染拡大という危機的状況にあっても、自分を解放する自由が、糾弾（きゅうだん）されることのない社会であることを強く願っています。そして、次の波がやってきたとき、誰もが安全にその波を乗りこなすことができますように。

いつもの湖で

あとがき　1

緊急事態宣言の発令を受け、全国の書店が次々と休業を発表するにいたって、やっと事態の深刻さを理解したように思う。まさか書店が閉まるとは思ってもみなかった。そのまさかが目の前で起こっている。

地元で唯一営業を続けていた書店では、レジに見たことのない行列ができていた。こんなときでも（こんなときだからこそ）本は求められていると感じる一方で、働く人の気持ちを思うと手放しには喜べなかった。

サービスを縮小する書店も出てきた。店頭にない本の取り寄せや予約ができなくなるという。書店からすれば片腕をもがれたような思いだったろう。

書店だけではなく、本に関わる仕事をしているすべての人が、同じ思いを抱えていたはずだ。著者、編集者、デザイナー、印刷所、製本所……大勢の人の手をへてやっと一冊の本が出来上がる。けれど、書店が開いていなかったら、どうやって読者のもとへ届ければいいのだろう。十分な補償もないままに休業せざるを得なかった書店のうち、いったいどれだけが、事態が収束したあとも以前と同じように営業を続けることができるのだろう。

いてもたってもいられない思いで、各地の書店から本を買った。SNSを通じて言葉を交わすようになった書店、旅先で訪ねた書店、イベントを企画してくれた書店。届いた本の梱包、添えられた小さなカードや、納品書のすみの走り書きに、かつて訪れたときの店内の風景や、店主の顔を思い浮かべた。そして思った。書店に行きたい、と。

書店に行きたい、というのは考えてみると不思議な願望だ。欲しい本があるから買いにいくというのならわかる。だが、書店に足を運ぶ以外にも本を買う手段があるのになお「書店に行きたい」と思う。この衝動は何に由来しているのか。

職を転々としていた20代の終わり、夜遅くにいてもたってもいられなくなって書店に駆け込むことがあった。閉店までのわずかな時間、棚の間を歩きまわり、並んでいる本を一冊一冊眺め、手にとってはまた戻すことをくり返して、ほとんどの場合何も買えなかった。金銭的な問題ではなく、本を読みたいと思っているのに買えない。選ぶことができなかったのだと思う。

詩人の岩崎航（わたる）が書店について書いたエッセイがある。

店内のあの静けさ、そこここに人が佇んでいて時折、微かなざわめきが聞こえる感じ。ぎっしりと本が並んでいる書棚の風景。新しい本の匂い。それらの間をぶらついていると、なぜか、辛い思いを少しだけ紛らすことができました。

（『日付の大きいカレンダー』）

若くして進行性筋ジストロフィーという病を得、自死を考えるほど追い詰められたこともあった詩人にとって、書店は「息継ぎのできる場所」だったという。あのころのわたしにとっても同じだったのだろう。

住む家や行き場のない人たちにとって、書店や図書館は、入場料も身分証明書もなしに入ることができて、好きなだけ時間を過ごせる場所だ。物質的な「必要」を満たすだけではない役割が、書店や図書館にはある。

2020年6月

牟田都子

あとがき　2

自粛要請（何度書いても違和感がある言葉だが）中のこと、大阪での不要不急の打ち合わせから神戸に戻った夫が、北新地にある「堂島サンボア」が休業していると教えてくれた。

サンボアというのは、創業百年を過ぎた老舗のバーで、チェーンというより暖簾（のれん）分け的に14店舗あり、大阪、京都、今は銀座でも名店として名をはせている。それぞれの店主の考え方で店が営まれているので客層も異なれば、やはり水割りの味もどこか違う。今回のコロナ禍における営業・休業の考え方も店舗ごとに異なった。北新地という狭い地域内にサンボアはもう一軒あるが、そちらは明るい時間から営業し、普段の開業時間頃には店をしまうという方針を取った。

堂島サンボアは、サンボアの初代・鍵澤正男氏が昭和10（1935）年に開店した店で、三代目店主の鍵澤秀都さんはいわば「ど直系」だ。

そんなお店だから、曖昧な自粛要請なんぞ蹴散らす勢いで、いつものように真鍮（しんちゅう）のカウンターをぴかぴかに磨き上げて平然と営業している。と、わたしは勝手に思いこんでいたので、実は早々に完全休業を決めたことがなんだかとても意外だった。

こんな話を小耳に挟んだ。三代目の跡を継ぐであろう息子さんがすでにカウンターに並んで立っている。もし自分の身に何かあったら代替わりを余儀なくされる。しかし今は力不足でそれこそ店を潰してしまう。まだそのときではない。とおっしゃっているとかいないとか（夜の街の噂は意外と核心をついていたりするものだ）。

また、昭和10年からの店の歴史を紐解けば、戦中戦後を含めて、数々の困難な時期があった。その都度、一時的に店を閉めても、必ず再び門戸を開いてきたのが堂島サンボアのやり方だ。そこに流れる長い時間からすれば、ひと月休むくらいなんだというのだ。

ということなのだろう。これまたあくまで周りが鍵澤さんの気骨から想像する話だが、でも実際そうだろうと信念を持って店を守ってきた鍵澤さんの顔を思い浮かべて確信している。

神戸生まれ神戸育ちのわたしは、20代の中盤で1995年の阪神・淡路大震災を体験した。一瞬にして失われた街。二度と戻らない風景、日常。いまなお思い出すだけでも心が苦しくなる。20年以上の時を経て「忘れ去られた」などと言われることがあるが、そんなことはない。「在ったはずのものがない」街を見続けることは、かんなで削るように薄く心が摩耗する。わたしの周りでは、年月にかかわらずふとしたときに震災にまつわる哀しみを語り、悼んでいる。

何百年単位の年表では、いまはどんな時代なのだろう。この先、どういう項目がそこに書き加えられていくだろう。その両方を想像しながらわたしはこれからの日々を暮らしていくのだろう。

小さな営みを続ける生活者がここにいるという事実を「体験」として持ち

続けながら。

新型コロナウイルスの影響により既存のシステムがばりばりと音を立てて崩れる一方で、新しい工夫や動きがあちこちに現れ始めている。焼け野原に雑草が緑を見せるように。

その様子をできる限り目に焼き付けていこう。そして語っていこう。大きなことではなく身のまわりの生々しい実際を。

そんなふうにぐるりと世界を見渡しながら、やっぱりちょっと途方にくれている。ほんとにねえ。どうしたらいいのかなあ。思わず隣の友人に話しかける。問い返される。この女三人リレー日記でやってきたように。そうやってこれからも過ごしていこうと思う。

2020年6月

青山ゆみこ

青山ゆみこ（あおやま・ゆみこ）

フリーランスのエディター／ライター。神戸市生まれ。月刊誌副編集長を経て、単行本の編集・構成・執筆などを中心に活動。市井の人から、芸人や研究者、作家など幅広い層で1000人超の言葉に耳を傾けてきた。ブックライティングを担当した書籍は30冊を超える。自著に、ホスピスの食の取り組みを取材した『人生最後のご馳走』（幻冬舎文庫）、『ほんのちょっと当事者』（ミシマ社）。定期的に個人向け文章添削講座を開催し、「読む」と「書く」について考えている。

牟田都子（むた・さとこ）

校正者。東京都生まれ。これまで関わった本に、『悲しみの秘義』（若松英輔著、ナナロク社／文春文庫）、『橙書店にて』（田尻久子著、晶文社）、『おやときどきこども』（鳥羽和久著、ナナロク社）、『愛と家族を探して』（佐々木ののか著、亜紀書房）、『NHK出版 学びのきほん 本の世界をめぐる冒険』（ナカムラクニオ著、NHK出版）ほか多数。共著に『本を贈る』（三輪舎）。

村井理子（むらい・りこ）

翻訳家／エッセイスト。静岡県生まれ。主な連載に、『村井さんちの生活』（新潮社「Webでも考える人」）、『犬（きみ）がいるから』（亜紀書房ウェブマガジン「あき地」）。著書に『犬ニモマケズ』『犬がいるから』（亜紀書房）、『兄の終い』（CCCメディアハウス）など。訳書に『ダメ女たちの人生を変えた奇跡の料理教室』（キャスリーン・フリン著、きこ書房）、『ゼロからトースターを作ってみた結果』『人間をお休みしてヤギになってみた結果』（共にトーマス・トウェイツ著、新潮社）、『黄金州の殺人鬼』（ミシェル・マクナマラ著、亜紀書房）などがある。

あんぱん ジャムパン クリームパン
女三人モヤモヤ日記

2020年8月7日　初版第1刷発行

著　　者　青山ゆみこ・牟田都子・村井理子

発 行 者　株式会社亜紀書房
〒101-0051
東京都千代田区神田神保町1-32
電話 (03)5280-0261
振替 00100-9-144037
http://www.akishobo.com

装丁・レイアウト　たけなみゆうこ（コトモモ社）
イラスト・題字　細川貂々
印刷・製本　株式会社トライ
http://www.try-sky.com

Printed in Japan

大好評！　「イケワン」ハリーの本

犬（きみ）がいるから

村井理子著

犬ニモマケズ

村井理子著

大きくて逞しい黒ラブラドール・レトリバー「ハリー」がいる暮らし。愛犬と家族との愉快でやさしい日々を、いつくしむように綴る、爆笑と涙を誘う大人気エッセイ集。犬を飼っている人も、飼いたい人も、飼えないけど犬が好きな人も、必読！

村井理子の翻訳書

兵士を救え！㊙軍事研究

メアリー・ローチ著／村井理子訳

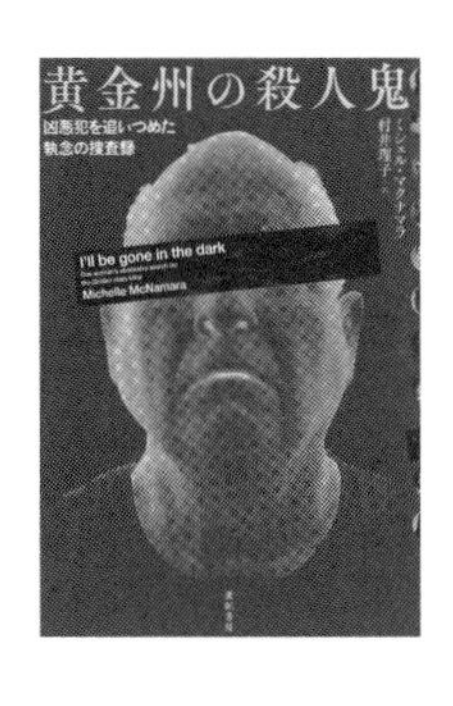

黄金州の殺人鬼
凶悪犯を追いつめた執念の捜査録

ミシェル・マクナマラ著／村井理子訳

酒と人生の一人作法　太田和彦

タカラヅカ　夢の時間紀行　細川貂々

メメントモリ・ジャーニー　メレ山メレ子

愛と家族を探して　佐々木ののか

若松英輔の本

最新刊 弱さのちから

本を読めなくなった人のための読書論

生きていくうえで、かけがえのないこと

言葉の贈り物

言葉の羅針盤

種まく人

常世の花　石牟礼道子

詩集　見えない涙

詩歌文学館賞受賞

詩集　幸福論

詩集　燃える水滴

詩集　愛について

いのちの巡礼者——教皇フランシスコの祈り